"혼자라는 건 이 세상을 살아가는 데에 정말 힘든 형편이지.
누군가가 있어 주면, 많이는 필요하지 않아도 단 하나만이라도 내 편이 있다면,
세상은 지옥에서 금방 천국이 될 수도 있지. 그렇잖아?"

"난 혼자 많은 길을 걸어보아서 알아.
홀로 걸을 때와 누군가와 함께 걸을 때… 그건 같은 길이 아니야."
"너무 서성거렸나 봐. 그래서 내 인생이 이런가 봐.
나는 왜 소중한 걸 가지지 못하게 되어버렸을까?"

"이상한 이야기지만 사실 사랑을 가장 서럽게 만드는 원인은 사람이야.
너도 서러웠던 순간이 있었다면 그 원인을 잘 살펴봐.
틀림없이 사람 때문일걸?"

"그렇지 않니? 누구나 기억으로 살잖아. 우리가 살아가는 모든 게 기억이지.
지나간 기억, 바로 지금의 기억."

"겨울 카페가 그리워요."

"사랑하는 시간에는 헤어져 있는 시간도,
하염없이 기다리는 시간도 포함되는 거예요."

지난
겨울
나의 기억

My reminiscence
of last winter

글 · 손승휘 — 그림 · 이재현

지난겨울 나의 기억

초판 1쇄 인쇄 · 2020년 12월 24일
초판 1쇄 발행 · 2021년 1월 12일

지은이 · 손승휘
그린이 · 이재현
펴낸이 · 이춘원
펴낸곳 · 책이있는마을
기 획 · 강영길
편 집 · 이경미
디자인 · GRIM / dizein@hanmail.net
마케팅 · 강영길

주 소 · 경기도 고양시 일산동구 무궁화로120번길 40-14(정발산동)
전 화 · (031) 911-8017
팩 스 · (031) 911-8018
이메일 · bookvillagekr@hanmail.net
등록일 · 2005년 4월 20일
등록번호 · 제2014-000024호

ISBN 978-89-5639-339-1 (03810)

이 도서의 국립중앙도서관 출판예정도서목록(CIP)은 서지정보유통지원시스템 홈페이지(http://seoji.nl.go.kr)와 국가자료공동목록시스템(http://www.nl.go.kr/kolisnet)에서 이용하실 수 있습니다.(CIP 제어번호 : CIP2020052377)

지난
겨울
My reminiscence
of last winter
나의
기억

차 례

1. 런치 카페입니다만

　52헤르츠 고래를 알아? 이 세상 어느 고래도 듣지 못하는 노래를
부르면서 자기 짝을 찾는 어리석고 외로운 고래. 내가 딱 그랬어. 바
로 옆을 지나쳐도 지나쳤는지 모를 만한 사람, 바로 앞에 앉아 있어
도 눈길이 가지 않는 사람. 나는 그런 사람이었어. 덕분에 이 세상 누
구와도 어울리지 못하고 늘 떠돌아다녔지. 그러다가 너무 외로움에
지치면 여기 와서 잠시 쉬었어.

　여기는…, 고향이 장소를 말하는 거라면 아니야. 하지만 만일 고향
에 대해서 나와 같은 생각이라면 이곳은 나에게 고향이 맞아. 나는
지난 시간의 기억을 고향이라고 생각하거든. 내가 알던 사람들과 함
께 보낸 시간들에 대한 기억…, 여기 잠깐 앉아도 되겠니?

여기 앉아서 저 방향을 바라보는 게 참 좋았어. 지금은 곧 사라져 버릴 운명에 처했지만 한때는 정말 멋진 곳이었지. 이를테면 무대라고나 할까. 우리들 기억 속에 머무는 어느 행복했던 날의 멋진 무대 말이야.

저 벽에는 낡은 포스터가 붙어 있었어. 주로 음반 관련 포스터였지. 이 카페 주인이 음악을 좋아했거든. 어떤 장르를 특별히 선호하는 편은 아니었지. 항상 말했어.

"들어서 좋으면 좋은 거야. 어떤 종류를 군이 구분할 필요는 없잖아. 흘러간 것도 새로운 것도 좋아."

포스터 아래쪽에 보이는 저 선반에는 정말 많은 게 놓여 있었어. 카페를 운영하는 데 꼭 필요하지 않은 것들이 많았지. 전부 멋지거나 예쁜 것도 아니야. 그저 오래되고 낡은 것들, 수명을 다한 것들, 이제는 쓸모없어진 것들에 대한 애착이라고나 할까.

저 무대가 지금처럼 고정된 풍경으로만 존재했던 건 아니야. 저 무대에는 가끔씩 이상한 녀석들이 등장하고는 했어. 혼자 나타나서 너스레를 떨거나 둘이나 셋이 한꺼번에 나타나서 부산스럽게 노는 바람에 온통 혼이 빠지기도 했지.

그때는 나도 한몫 끼어들 수 있었지. 이미 형성된 무리 틈에 끼어드는 걸 힘들어하는 나였지만 저 무대에서만큼은 나도 부담 없이 끼어들었어. 나와 저 무대 위의 녀석들은 다를 바가 없었거든.

특히 저 위에서 노는 앵초와 패랭이는, 이름이 이상하다고? 아, 미안. 사람이 아니고 고양이니까 꽃 이름을 붙여준 거야. 둘은 남매간이었어. 나이는 저 작은 녀석(호야)보다 많지만 이 카페로 온 건 더 늦어. 사실 정확한 나이는 몰라.

노숙하는 고양이들의 나이는 여간해서 알아맞히기 힘들어. 아마 수의사 선생님들도 그저 대략 어리다거나 젊다거나 늙었다고만 할 수 있을 뿐 정확한 나이를 맞히기는 쉽지 않을걸?

앵초하고 패랭이는 오래전부터 이 골목에 살았어. 사십대 초반의 엄마 아빠와 이제 초등학교에 다니는 현이라는 소녀가 함께 사는 집이었지. 다만 집 안에서 살았기에 사람들 눈에 별로 띄지 않았어. 그러다가 늦가을의 어느 날이었지, 아마….

2. 이사하는 날

현이 아빠가 서울로 직장을 옮기게 되어 현이네 집이 이사하는 날이었어. 집이 이삿짐 때문에 온통 난리가 난 상태라 앵초와 패랭이도 덩달아 바빴지.

'바쁘다, 바빠.'

패랭이는 이삿짐을 실은 트럭 앞뒤로 왔다 갔다 하면서 호들갑을 떨었어. 하지만 앵초는 패랭이와 달리 그저 구경만 하는 거야.

'넌 왜 그렇게 구경만 해?'

'고양이 손.'

'뭐라는 거야?'

'할머니들이 바쁠 때 하는 말이야. 너무 바빠서 고양이 손이라도 빌리고 싶다.'

패랭이는 자기 손을 내려다보았어. 그제야 아, 그렇구나. 무안해져서 웃고 말았지. 그때 이삿짐을 실은 트럭이 움직이기 시작했어. 패랭이는 깜짝 놀랐지.

'어어? 출발하지 마세요! 우리 아직 안 탔어요!'

그러나 트럭은 들은 체도 않고 부르릉 가버렸지. 패랭이가 당황해서 앵초를 돌아보니 앵초는 한심하다는 듯 패랭이를 바라보는 거야.

'그 표정은 뭐야?'

'우리가 짐이야?'

'우리가 왜 짐이야? 고양이지.'

'그런데 짐차를 왜 타?'

앗, 또 그렇지. 패랭이는 자기가 착각한 게 창피해서 어색하게 웃었어. 그러고는 현이 아빠가 운전하는 승용차를 찾았어. 때마침 현이 아빠가 운전하는 승용차가 천천히 집에서 골목으로 빠져나오고 있었지.

'우리도 어서 타자.'

'참, 너하고 내가 남매간이라는 걸 누가 알까 무섭다.'

앵초와 패랭이는 앞다투어 승용차로 달려갔어. 앗, 그런데 승용차는 멈추지 않고 그냥 큰길로 나가버리지 뭐야.

'정지! 정지! 우리 아직 안 탔어요.'

'우리 안 탔다니까요?'

앵초와 패랭이는 있는 힘껏 승용차를 향해 달려갔지만 승용차는 그냥 달렸어. 그때, 앵초와 패랭이는 몰랐지만 승용차 안에서는 이런 대화가 오갔던 거야.

"엄마, 앵초랑 패랭이는?"

"시끄러. 그냥 조용히 해."

"이사 가는 집에 이제 고양이는 안 돼."

골목에는 차가운 바람이 불고 낙엽이 이리저리 날아다녔어. 겨울이 다가오고 있었거든. 앵초와 패랭이는 빵 굽는 자세로 나란히 엎드려서 승용차가 멀어져간 쪽을 바라보고 있었지. 심란하면 누구나 그렇듯이 앵초는 가끔 얼굴에 달라붙는 낙엽을 신경질적으로 쳐냈어.

'우리를 잃어버린 게 아니라 혹시…'

앵초는 말없이 큰길만 바라보았어. 앵초도 같은 생각이었지만 그런 말을 입 밖으로 내놓기는 싫었던 거야. 그런데 눈치 없는 패랭이는 자꾸만 그런 말을 했어.

'일부러 두고 간 건 아닐까?'

패랭이는 반응하지 않는 앵초를 돌아보았어.

'…맞는 거지?'

'어쩌면….'

앵초는 힘없이 고개를 떨구었어. 도대체 왜 식구들이 자기들을 두고 가버렸는지 이해할 수 없었어. 속상하고 화가 났지. 분명히 무언가 자기들 잘못 같기는 한데 말이야. 생각에 빠져 있던 앵초는 패랭이를 흘겨보았어. 불현듯 이유를 찾기라도 한 것처럼.

'내 그럴 줄 알았어. 너 진짜 너무 먹는 거 알아?'

'내가?'

'그래. 사료 값도 비싼데… 게다가 눈치도 없이 식탁에 놓인 생선까지 먹고 그랬잖아.'

'그, 그랬나?'

인정하기 싫었지만 사실 앵초에 비해 패랭이가 좀 많이 먹기는 했어. 그래서 몸집도 꽤 비만인 건 인정.

'아냐, 그럴 리 없어.'

그래도 자기한테만 덮어씌우는 건 좀 아니다 싶어서 앵초를 흘겨보았어.

'나 때문일 리가 없어. 모든 건 바로 너의 그 우다다 때문이야.'

'내가 우다다를 한 게 지금 상황하고 무슨 상관이 있다고 그래?'

'상관없겠냐? 아무도 없을 때 좀 하지 않고 꼭 식구들 다 있을 때 정신 사납게 우다다를 하고 그랬잖아? 나처럼 소리 없이 다니면 누

가 뭐라냐?'

'우다다가 어때서 그래? 우다다는 건강을 위해서 꼭 필요한 거야. 아프면 오히려 식구들한테 폐를 끼치는 거잖아. 우린 의료보험도 안 되니까 병원에 가면 병원비 엄청나게 나온다.'

뭐 어차피 패랭이는 앵초에게 말로 이긴 적이 없었어. 결국 고개 돌려 외면하면서 혼잣말로 중얼거릴 뿐이었지.

'나도 건강하려고 먹었다.'

앵초와 패랭이는 한동안 말없이 큰길 쪽을 노려보면서 빵을 구웠어. 네 발을 접어서 배 밑에 깔고 앉는 그 따뜻하고 편안한 자세 말이야.

'다시 오겠지?'

'올 거야. 화가 나서 너 혼 좀 나보라고 그런 걸 거야.'

'내가 그렇게 많이 먹었나? 이제 눈치껏 좀 먹어야겠어.'

'특히 식탁에 올라가지 마.'

'응, 다신 안 그럴게.'

둘은 뭔가 해결책이라도 찾은 듯 만족스러운 표정으로 서로 꼭 붙어 앉았어. 밤이 되어서 체온을 나누어야 했으니까.

'화가 많이 나셨나?'

'그런가봐.'

'그래도 결국은 화가 풀리실 거야.'

'화 안 풀려도 현이가 난리 치면 결국 데리러 올 거야.'
'틀림없이.'

지난겨울 나의 기억 *My reminiscence of lost winter*

'현이… 지금쯤 뭐 하고 있을까?'

'숙제.'

'왜 하필 현이가 제일 싫어하는 걸 생각해?'

'그때가 제일 안타까웠어. 도와주고 싶었거든.'

'고양이 손….'

'….'

'현이 보고싶다.'

앵초와 패랭이는 자기들을 두고 간 식구들을 원망하지 않았어. 그저 보고 싶어 했을 뿐이야. 그 시절에 내가 잘 몰랐던 사실을 하나 말해줄게. 사랑하는 시간에는 헤어져 있는 시간도, 하염없이 기다리는 시간도 포함된다는 사실이야.

이 정도에서 저 두 녀석 소개는 그만하고 이제 저기 저 쪼그만 녀석 이야기를 해야겠다. 네가 더 듣고 싶다면 말이야.

3. 비 맞은 고양이

저 녀석 이름은 '호야'야. 이상해? 생뚱맞다고? 그럴 수밖에. 내가
지어준 이름이거든. 내가 저 녀석을 처음 본 건 남쪽 어느 나라에서
막 돌아온 참이었지. 아니, 아니, 내가 처음 만난 건 아니고. 녀석을
처음 만난 건 이 카페 주인이었어.

그날은 초겨울이면서 아주 쌀쌀했지. 하늘에는 비를 머금은 먹구
름이 잔뜩 끼어 있고 스산한 바람이 쉬지 않고 불어대는 날이었어.

카페 주인 경민은 내 친구이기도 해. 이 세상에서 유일한 친구지.
난 친구가 별로 없거든. 사실은 이제 하나도 없구나. 하하.
여하튼 날이 그러니까 따뜻한 커피 생각이 나는 사람들이 있을 거
라고 생각해서 경민은 커피콩을 볶기로 했어. 커피 향을 풍겨서 손
님을 끌어들일 속셈이었지. 커피를 볶은 다음에는 버터로 야채를 볶

을 작정이었어. 고소한 버터 향이 사람들의 허기를 자극할 거라고
생각했지.

　제 딴에는 꽤나 교활하다고 자부하지만 실제로는 정말 순진하기
짝이 없는 친구야. 태도는 좀 까칠하지. 그래서 그 친구도 나만큼이
나 친구가 없어.

　딸랑! 그때 누군가가 문을 열었어. 왜 딸랑이냐고? 아, 문에 종을
달아두었거든. 혼자 일하다 보니 손님이 드나드는 걸 못 볼 때가 많
아서 말이야.

"아직 시작 안 했습니다."

저기 문 옆쪽에 보이지? 거기 칸막이가 되어 있잖아. 거기서 콩을 볶았어. 비싸고 멋진 로스팅 기계가 아니라 작은 쳇바퀴에 모터를 달아 콩을 볶았지. 사나흘에 한 번씩 조금만 볶아도 충분했어. 사실 커피 손님이 별로 없었거든.

"그럼 왜 팻말은 오픈이라고 해놓았어요?"

"그거야 다시 바꾸러 나가기 귀찮으니까요."

"밥은 먹고 다니세요?"

"뭐?"

이제까지 콩 볶느라 돌아보지 않던 경민은 그제야 문 쪽을 돌아보았어. 문 앞에 한 소녀가 두툼한 점퍼에 손을 찔러 넣고 서 있었지.

아, 착각할까 봐 말해두겠는데, 사실 그 소녀는, 그러니까 '상지'는 소녀가 아니야. 엄연히 스물 하고도 넷이나 먹은 아가씨였고 초등학교 선생님이야. 그런데 너무 어려 보여서 다들 스물도 안 된 소녀로 보았던 거니까 경민을 탓할 수는 없는 거지.

"학생, 지금 나 밥 먹고 다니냐고 물었어요?"

"귀찮아서 밥은 어떻게 먹겠어요?"

"뭐, 뭐?"

경민은 황당했지만 상지는 너무 태연했어. 그런 면에서는 상지가 경민보다 여유가 있었지.

"그리고 나 학생 아니거든요? 엄연히 교사예요. 어리고 귀엽게 보이는 건 알지만 말은 조심해주세요.”

“알겠습니다, 선생님. 너무 귀여우려고 하니까 그만 나가주세요.”

그에 비해 경민은 좀 많이 까칠했고. 어쨌든 그날의 첫 만남은 완전히 상지의 우위로 끝났어.

“탄다.”

“뭐?”

“콩 탄다.”

상지가 손가락질을 하면서 한 번 더 말하고 나서야 경민은 커피콩이 새까맣게 타고 있다는 걸 깨달았어. 어쩌면 상지를 처음 본 순간 무의식중에 그녀에게 반한 걸까? 하하, 그건 나도 모르지. 그 녀석은 끝내 아니라고 잡아뗐지만.

여하튼 서둘러 쳇바퀴를 멈추고 불을 껐지만 콩은 이미 다 타버렸지. 그 모습을 보면서 상지는 눈치라고는 없는 어린아이처럼 생글생글 웃었어.

“내 콩이 웃겨요?”

“웃기는 게 아니고 불쌍한 콩.”

“이봐, 학… 아니 선생?”

“나중에 올 테니까 다시 볶아요. 딴 데 신경 *끄*시고요.”

경민이 화가 나서 뭐라고 하려는데 상지는 문을 밀고 나가버렸어. 문이 닫힌 다음에야 경민은 냅다 소리를 질렀지.

"어느 학교인지 모르지만 그 학교에서는 매너도 안 가르치냐?"

아, 그렇지. 그날 경민은 호야보다 상지를 먼저 만났구나. 이제 보니 그러네.

경민은 일단 아침식사를 한 뒤 손님을 맞이해. 혼자 무언가를 만들어서 먹는다는 게 사실 아무리 시간이 흘러도 그다지 즐거워지지는 않아. 아, 너도 아직 혼자야? 그럼 그 느낌 알겠구나.

경민은 혼자였어. 서른이 되도록 혼자 카페를 운영하고 혼자 먹고 혼자 자는 생활을 했지. 군대 전역하고 바로 시작했으니까 아마 한 일곱 해쯤 그랬어.

그날도 혼자 볶음밥을 해 먹다가 공연히 투덜거렸지. 왜 그런지는 모르지만 그날따라 심란했나봐.

"혼밥 카페로 간판을 바꿔볼까? 만날 혼밥 먹는 사람들 오는 카페로…."

"혼밥도 이젠 맛있…기는 젠장…."

숟가락을 던지듯 내려놓고 우울하게 창밖을 보니 빗방울이 유리창에 스치는 거야. 툭툭 빗방울 떨어지는 광경을 보니 정말 조금은 서럽기도 하고 뭐 그런 기분이 들어서 멍하니 창밖을 바라보았어.

"혼자 사는 건 좋은데… 혼자 먹는 건 정말 싫은 거구나."

바로 그때, 아직 몸보다 머리가 더 큰 아기 고양이 한 마리가 종종

거리면서 카페테라스로 들어섰어.

'엄마, 나 추워.'

아기 고양이는 처마 밑에 작은 몸을 웅크리면서 바들바들 떨었어. 비쩍 바르고 털도 짧은데 비를 맞았으니 추울 수밖에.

'엄마, 나 너무 추워. 나 어떻게?'

혼자 된 지 얼마 되지 않은 아기 고양이는 세상 모든 게 무섭고 낯설었지.

'엄마. 나 여기 있어도 될까?'

아기 고양이는 그렇게 그 자리에 웅크리고 앉아 몸을 떨면서 잠을 청하고 있었어. 그리고 우연히 시선을 아래로 내리던 경민의 시야에 그 아기 고양이의 모습이 들어왔지.

"추울 텐데…."

경민은 점점 거세지는 빗줄기와 고양이를 번갈아 보았지. 날도 추운데 저러고 있으면 안 되는데 싶지만, 그렇다고 어쩌겠어? 경민은 원래 고양이를 좋아하지 않았거든.

"난 냥이는 싫다. 이건 확실해. 털만 생각해도 싫어. 그러니까 저리 가라."

경민은 나와 달리 아주 깔끔한 성격이야. 그러니 카페에 강아지나 고양이의 털이 날리는 건 용납할 수가 없지.

"누가 좀 데려가라. 애 얼어 죽겠다. 젠장, 그래도 난 안 돼. 안 돼, 젠장…."

경민은 결국 벌떡 일어나고 말았어.

"비는 곧 그칠 거야. 그러니까 딱 비 오는 동안만 봐준다."
그때 아기 고양이는 꿈을 꾸고 있었어. 잠꼬대까지 하는 중이었지.
'아이, 좋아. 엄마 털 좋아.'

엄마 아빠와 함께 잠을 자고 있는 폐가를 커다란 포클레인이 짓뭉개는 꿈이었어. 재개발 현장에서 종종 일어나는 일이지. 바로 지금 여기처럼.

아기 고양이는 포클레인이 자기 몸을 들어 올리는 꿈에 놀라서 번쩍 눈을 떴어. 그런데 공교롭게도 정말 자기 몸이 들려 올라가고 있는 거야.

아기 고양이가 고개를 들어보니 엄마도 포클레인도 아니고 어떤 형이 자기를 안고 가는 거야. 놀랍기도 하고 겁도 나서 그저 달달 떨기만 했지.

경민은 카페로 들어와서 난로 옆에 아기 고양이를 내려놓았어.

"조용히 있어라. 아니면 쫓아낸다?"

그랬지만 아기 고양이는 너무 무서워서 뒤뚱대며 소파 밑으로 달려가 숨어버렸어. 제 딴에는 자기가 낼 수 있는 최대한의 속도로 달아난 거지.

"난로 옆에 있어야지, 바보야."

말만 그렇게 했지 다시 잡아다가 난로 옆에 앉히기도 귀찮아서 그냥 내버려두기로 했어.

"그래, 설마 실내에서 얼어 죽기야 하겠냐?"

비도 내리고 손님도 없을 것 같아서 카운터 뒤의 의자에 길게 다리 뻗고 누워서 잠이나 더 잘까 했지.

"너나 나나 살기 참 빡세다, 빡세."

경민은 그렇게 슬쩍 잠이 들었던 모양이야. 그런데 잠결에 이상한 소리가 들려왔어. 이게 무슨 소리지? 눈을 떴는데 소리는 더 선명해졌어. 결국 벌떡 일어나서 발견한 게 정말 가관이었지. 아, 글쎄 아기 고양이가 커피 통을 쏟아놓고 거기 흩어져 있는 커피콩을 먹어보려고 애를 쓰고 있더라고.

"으앗! 뭐야? 인마!"

경민은 놀라서 소리를 지르고, 아기 고양이는 그 소리에 놀라서 벌러덩 뒤로 넘어가고 말았어.

"야, 인마! 무슨 냥이가 커피를 먹냐? 이게 얼마짜리 콩인 줄 알아?"

경민은 아기 고양이에게 다가가면서 소리 지르다가 더 놀랐어. 아기 고양이가 쓰려져서 바들바들 떨고 있는 거야.

"야, 야, 소리 좀 질렀다고 그렇게 놀라냐? 야, 이거 참⋯."

그런데 그 와중에 또 딸랑 문 열리는 소리가 들렸어. 경민이 얼결에 돌아보니 상지가 이제 막 들어서고 있었지. 경민이 얼떨떨한 표정으로 상지를 바라보는데, 상지는 냅다 달려오더니 아기 고양이를 안아들고 경민을 매섭게 노려보는 거야.

하하. 재미있지 않니? 인연이라는 건 이렇게 죄다 묘하게 시작되거든. 언젠가 종교 책에서 인연에 관한 글을 읽었는데, 천사가 커다란 바위를 치맛자락으로 쓰다듬어서 바위가 다 닳아 없어져버리는 시간을 '1겁'이라고 한대. 그리고 누군가와의 만남은 1만 겁의 '인연'이 있어야 가능하다는 거야. 믿거나 말거나.

"난 소리만 좀 크게 질렀거든요? 그리고 나도 놀라고."

"그게 아니라 커피콩을 주면 어떡해요?"

"뭐요? 내가 준 거 아니거든요? 나 잠시 쉬는 사이에 자기가 몰래 훔쳐먹었다고."

"그게 그거지 뭐예요? 냥이가 있으면 당연히 카페인이 들어 있는 커피콩은 잘 치웠어야죠."

"그럼 얘가 지금 이러는 게…."

"얘네들은 카페인을 먹으면 심장발작을 일으키는 수가 있다고요. 빨리 동물병원으로 가야겠어요."

"멀쩡한데?"

상지는 아기 고양이를 들여다보았지. 생각보다는 괜찮은 것도 같았어.

"너 괜찮은 거니?"

'저 형아 무서워.'

"별로 안 먹었나?"

"무슨 소리야? 내리면 다섯 잔은 족히 내릴 양을 먹어 치웠는데."

상지는 놀라서 아기 고양이의 배를 만져보았어.

"다섯 잔?"

'간지러워….'

배를 만져보니 채 씹지도 않고 삼킨 콩들이 잡히는 거야.

"콩이 다 잡히네? 씹지도 않고 삼켰니?"

'나 이빨 작아서 그래.'

상지는 아기 고양이를 안고 달려 나갔어.

"병원 가야겠다."

경민은 그저 바라보는 수밖에. 당시 경민은 고양이에 대한 상식이 전혀 없었으니 말이야.

"멀쩡한 것 같은데…."

그렇게 혼잣말을 할 뿐이었지. 상지는 문을 밀려다 말고 그렇게 서 있는 경민을 돌아보았어.

"근데 말이에요, 기계를 자동으로 하는 건 어때요?"

경민은 미처 무슨 말인지 알아듣지 못했어. 상지는 나가면서 한마디 덧붙였지.

"아무나 수동으로 하는 거 아니에요."

그제야 상지의 말을 알아들은 경민이 문에 대고 삿대질을 하며 소리쳤어.

"이봐! 여긴 전문 커피점이 아니라고. 그렇게 비싼 기계까지 들이는 건 아니지! 돈이 어디서 떨어집니까?"

돈 이야기를 하다 보니 갑자기 아까운 콩이 생각났어.

"게다가 오늘 치 귀한 콩을 그 쪼끄만 녀석이 이렇게 먹어 치웠는데 말이야."

그렇게 핏대를 세우다가 창을 때리는 비가 눈에 들어왔어. 비가 내리는데 우산도 없이 달려 나간 상지를 생각했지.

"비 내리는데 우산은 왜 안 쓰고 가?"

그러고 보니 상지는 처음부터 우산을 들고 오지 않은 것 같았어. 비옷을 입은 것도 아니고 그저 장화만 신고 있었던 거야.

"비가 좋은가?"

비가 좋아도 비를 맞고 다니는 사람은 없지. 그렇지 않니? 경민은 이상한 아가씨라고 생각했지만, 그 이후로는 점심을 먹으러 온 손님들로 조금 바빠서 잊어버렸지. 혼자 하려니까 손님이 서너 명만 와도 정신이 없어. 점심 손님을 치른 뒤 한숨 돌리는데 상지가 다시 나타났어.

비를 쫄딱 맞은 상지는 불룩한 배를 한 손으로 받치고 한 손에는 물건이 담긴 커다란 비닐봉지를 들고 있었어. 곧이어 상지가 배에서 아기 고양이를 떨어뜨렸지. 아기 고양이는 또르르 구석으로 달려가고, 경민은 바닥에 떨어지는 물방울을 보며 한마디 했어.

"이 비를 쫄딱 맞고 온 겁니까?"

상지는 그 말에는 대꾸를 하지 않고 구석으로 갔어. 경민은 불 위에 주전자를 올렸지.

"감기 들겠네. 뜨거운 보리차 줄까요?"

그렇게 말하고 상지를 돌아본 경민은 깜짝 놀랐어. 상지가 구석에 쪼그리고 앉아 비닐봉지에서 주섬주섬 물건들을 꺼내고 있더라는 말이야.

"그릇은 두 개예요. 사료 그릇과 물 그릇."

"사료? 물?"

"마당으로 나가는 문을 열어두면 따로 모래로 화장실을 만들어줄
필요는 없을 거예요."

경민은 경악했지.

"누구 맘대로!"

"네?"

"누가 여기서 고양이를 키운대요?"

"아니면요?"

"뭐요?"

"어쩌라고요?"

"그걸 왜 나한테 물어요?"

경민은 당황해서 소리를 질렀고, 상지는 풀이 죽어서 구석에 앉아 눈치만 보는 아기 고양이를 바라보았어.

"그렇군요."

"화장실 입구에 수건 있으니까 가서 물기나 닦아요. 감기 걸리겠다."

그러나 상지는 아기 고양이만 바라보며 움직이지 않았어.

"학생! 감기 들고 싶어요?"

"학생 아니라니까….."

"그래, 선생님. 가서 물기 좀 닦으세요. 뜨거운 커피 줄 테니까."

상지는 대꾸 없이 아기 고양이를 마냥 바라보았어.

"그렇게 마음에 들면 데려다 키우든지."

상지는 그제야 몸을 일으켰어.

"그럴 형편이 안 되거든요."

경민은 약간 미안해져서 상지를 쳐다보는데 상지는 풀 죽은 모습으로 문 쪽으로 걸어갔어.

"미안해요. 푼수 떨어서."

그녀는 문에서 돌아보며 우울한 눈빛으로 한마디 덧붙였어.

"비 그치면 그냥 내쫓으세요."

"학, 아니 선… 암튼 거기 우산…."

경민이 우산을 주려고 했지만 상지는 그냥 딸랑 소리를 내며 나가 버렸어.

"전 우산 싫어해요."

상지는 가버렸고 경민은 황당한 얼굴로 아기 고양이를 돌아보았지. 아기 고양이는 경민의 속내를 아는지 모르는지 그저 말똥말똥 바라보기만 할 뿐이지.

살다 보면 자기가 원하지도 않았는데 그냥 우리 인생에 불쑥 끼어드는 사람이나 일이나 그런 게 있잖아. 마치 어느 소설가의 말처럼.

비가 내리면 우산을 써도 비는 맞는다. 그러나 비는 언제고 그치기 마련이다. 맞는 말 같아. 그치?

4. 협상의 기술

"여하튼 커피를 그렇게 먹고도 멀쩡하다니 다행이다."
'그렇게 맛있는 사료는 아냐.'
"내 커피가 좋은 거냐? 아니면 네 위장이 좋은 거냐?"
'그 사료 별로였다니까.'
"그나저나 너 어디서 왔니? 주인은? 길을 잃어버린 거냐? 어떻게 주인을 찾아주지?"
'주인? 나 엄마랑 숲에 살았어. 그래서 주인 없어. 엄마가 그랬어. 집에 살아야 주인도 있다고.'
"생긴 건 꼭 주머니에서 뭉쳐진 초콜릿처럼 생겨가지고…."
'우씨! 나 못났다는 말이지? 미워!'
"젠장, 모르겠다. 너나 나나 앞길 안 보이기는 마찬가지지, 뭐."
'응. 이젠 형아하고 살아야지, 뭐. 맘에는 좀 안 들지만….'
"배고프면 사료 먹어라. 커피 먹고 살 수는 없잖냐?"
'내가 바보야?'

"뒷문 열어놓을 테니까 쉬하고 싶으면 밖에서 하고, 어디 가고 싶으면 가도 돼. 이왕이면 아주 가면 고맙고⋯. 이 형아는 설거지나 해야겠다."

이게 바로 인간과 고양이의 대화야. 서로 말이 달라서 소통하기가 참 어렵지. 하지만 가까워지는 데는 서로의 눈을 들여다보는 것만으로 충분하다니까?

경민은 설거지를 시작했어. 런치 카페여서 저녁에는 손님이 오지 않아. 그러니까 저녁 시간에는 음악을 듣거나 책을 읽으면서 보내지.

그런데 그때, 주방 쪽 창으로 불쑥 상지의 얼굴이 나타났어.

"뭐, 뭐야?"

"아기 이름 지으셨어요?"

경민은 멀거니 상지를 쳐다보며 말을 잇지 못했어. 이 아가씨가 지금 날 구렁텅이에 밀어넣는구나 싶었겠지. 그런데 이 얄미운 아가씨는 주방 안으로 쑥 고개를 들이밀면서 계속 친한 체를 했어.

"런치 카페지만 혹시 저녁도 파나요?"

"뭘 먹고 싶은데요?"

"오므라이스."

이렇게 되면 미우나 고우나 손님이야.

"손님, 가서 자리에 앉으시지요?"

상지는 카운터로 들어와 턱을 받치고 앉았어.

"카레가 더 낫지 않나? 비도 오는데….”

“왜 비가 오면 오므라이스보다 카레라이스죠?”

“매콤하니까.”

“재고정리하려는 건 아니죠?”

“오므라이스로 해줄게요.”

아기 고양이는 상지를 발견하고 쏜살같이 달려왔어. 고양이들은 눈치가 빠르거든. 어려도 자기한테 호의가 있는지 없는지 정도는 금세 알아채지.

‘누나, 누나, 방가.’

“이리 와. 집이 마음에 드니?”

상지는 아기 고양이를 무릎 위에 앉혔어. 경민은 그러거나 말거나 오므라이스를 만들었지.

“벌써 학교 끝날 시간인가?”

“오늘 토요일이에요. 아니면 아까는 내가 어떻게 들렀겠어요? 아기 데리고 병원도 갔었는데….”

“아, 토요일이었구나.”

“책이 되게 많네요?”

“내 직업이니까.”

“런치? 독서?”

“읽기도 하고 쓰기도 하고.”

"두 가지 다 하다가는 두 가지 다 망할걸요?"

"학, 아니 선생님은 입이 참 대단하네."

경민은 노란 달걀로 감싼 오므라이스를 카운터에 놓아주었어. 그 친구, 오므라이스와 돈가스는 제법 잘 만들었지.

"카운터는 불편하지 않아요?"

"괜찮아요. 혼밥이 싫거든요. 여긴 손님도 없어서 진짜 혼밥 분위기네."

"걱정 마. 곧 앉을 자리가 없어서 못 먹을 테니까."

"신을 믿으시나요? 기적 같은 거?"

"아니, 난 내 요리 실력을 믿어요."

"오므라이스 맛있었으면 좋겠다. 그 믿음에 금 가지 않게."

"말 참…"

"같이 식사해요. 만날 손님도 없이 혼자 밥 먹지 않나…?"

"아니거든요? 런치 손님 많거든요?"

"근데… 말이 가끔 짧네?"

"몇 살 차이 안 나지 않나?"

"세대 차이도 날 것 같은데?"

"저 스물 하고도 넷이에요. 예의를 지켜주세요."

"엄청나십니다."

경민이 어이없어서 헛웃음을 짓는데 아기 고양이가 카운터 위로 뛰어올랐어.

'냄새 좋다.'

"안 내려가?"

"아저씨 화내신다. 이리 와."

상지는 아기 고양이와 입을 맞추었어. 그 모습을 보고 경민은 기겁했지.

"왜 그래요?"

"더럽게 입까지 맞추는 건 뭡니까?"

"내 입 깨끗해요. 방금 양치질하고 나왔어요."

"말고, 고양이!"

"고양이는 당연히 나보다 더 깨끗하죠."

"그걸 말이라고…."

"얘들은 면역력이 약해요. 그래서 조심해야 해요. 사람이나 강아지에 비해서 면역력이 아주 약하단 말이에요."

"그럼 고양이들은 전부 깔끔한가?"

"당연하죠. 피부도 약해서 깔끔 떠느라 항상 그루밍을 하잖아요."

"그루밍?"

"털 핥는 거 말이에요."

"그렇군. 왜 만날 핥나 했더니… 첨 알았네."

"이제부터 열심히 배우셔야죠. 같이 살려면."

"누, 누가 같이 살아?"

경민이 펄쩍 뛰는데 상지는 아랑곳없이 아기 고양이를 불쑥 경민 앞에 내밀었어.

"오해 마세요. 나 말고 이 아기랑."

"내쫓으라면서?"

"그럴 사람이면 벌써 내쫓았겠죠. 믿어봤는데… 믿을 만했어요. 힛."

그렇게 해서 아기 고양이는 이제 런치 카페에서 살게 되었지. 얼결에 내 친구의 인생에 불청객이 둘이나 끼어든 셈이지. 아, 그런데 너 혹시 알고 있니? 누군가를 믿을 만한 사람인지 아닌지 알아내는 가장 좋은 방법 말이야. 그건 바로 그 사람을 믿어보는 거란다.

어쨌든 아기 고양이는 지낼 곳이 생겨서 다행이지만 런치 카페 옆 골목에 있는 앵초와 패랭이는 그렇지 못했어. 처마 밑으로 들이치는 빗방울을 피할 길이 없었기 때문이지.

그래서 앵초와 패랭이는 상지가 이야기한 그루밍이라는 걸 열심히 해야 했어.

'짜증 나. 다 젖었어.'

'현이가 빨리 왔으면 좋겠는데….'

'왜?'

'드라이기로 좀 말려달라고 하게.'

'빨리는 못 올걸?'

'금방 온다니까 그러네.'

사실은 앵초도 패랭이도 어두워지는 하늘을 보며 불안하기는 했어. 이대로 밤을 보내야 하나 싶었지. 점점 추워지기도 하고 배도 고프고 해서 이 자리를 마냥 지키고 있어야 하나 싶기도 하고. 하지만 섣불리 자리를 떴다가는 현이가 자기들을 찾지 못할까 봐 길모퉁이 처마 밑을 벗어날 수가 없었어.

5. 떠돌이 친구

　떠돌아다니는 인생을 부러워하는 사람들이 참 많지. 나도 딱 1년만, 아니면 한 달만이라도 떠돌아 다녔으면 좋겠다. 그렇게 많이들 말해. 당신은 참 좋겠다. 나도 당신처럼 좀 살아야 하는데. 난 이게 뭐람.

　그런데 알고 있니? 떠돌아다니는 사람에게는 꼭 필요한 게 있지. 하하, 돈 말고. 돈은 그냥 조금 가난하면 돼. 정말 필요한 건 '없는 것'이야. 뭐든 없어야 하지. 명예나 돈에 대한 욕망도, 사랑하는 사람도, 심지어는 소중한 그 무언가도 없어야만 해.

　세상을 마냥 떠돌아다니는 '우식'이라는 사진쟁이 친구도 그런 사람들 중 하나였어. 아무것도 없는 인생, 그게 그렇게 부러운 걸까? 뭐 속은 편하겠지만 말이야. 가진 것도 아낄 것도 없는 인생, 그게 그렇게 좋은 건 아니라는 말이지.

　특히 그리운 게 없다는 것, 그건 너무 힘들어. 그래서 그 친구도 하나쯤은 그리운 걸 만들어두었는데, 그게 바로 경민이지.

지난겨울 나의 기억 *My reminiscence of last winter*

그때, 겨울이 막 시작되는 때 우식은 오랜 외국 생활을 접고 막 귀국했지. 아, 말라카라고 혹시 알아? 아주 멋진 곳이지. 말라카 해협은 정말 최고의 바다야. 바다로 향하는 강에서는 터번을 두른 노인네들이 긴 막대로 통나무를 밀지. 숲에서 베어낸 통나무를 바다로 보내는 거야.

그곳에서 우식은 멋지게…. 아니, 사실 멋지거나 행복하지는 않았어. 사람은 누군가와 함께 슬퍼하고 기뻐하고 행복하고 불행하고 그래야만 해. 멋지면 뭐해. 멋진 풍경을 함께할 누군가가 없다면.

몇 년 만에 고국 땅을 밟은 우식은 친구 경민을 보러 자기가 살던 아름다운 도시 춘천으로 향했어.

사실 궁금했지. 경민 그 친구도 우식만큼이나 외로운 친구인데, 우식이 떠나던 날 런치 카페를 차렸어. 우식은 몇 년이 지났는데 여전히 그 카페를 하고 있는지 궁금했지. 가끔 엽서를 보냈지만 도통 답장이라고는 받아보지 못했거든.

무심한 친구야. 글쟁이답게 아주 괴팍한 녀석이지. 제대로 쓴 거라고는 얼결에 당선된 단편소설 하나뿐인데 영원히 그 맛을 잊지 못했어. 평생 글만 쓰면서 살려고 했지.

뭐 그렇다고 인생이 바라는 대로만 가겠니? 결국 우여곡절 끝에 혼자 런치 카페를 차리게 된 거지. 우여곡절은 우여곡절이고, 경민은 한마디로 말해서 사람을 사랑하지 않는 친구야. 아, 사람만이 아니라 아마 동물도 곤충도 꽃도 풀도 다 싫어할 친구야.

아, 내 이야기에 취해서 이야기가 샛길로 가버렸네. 지나간 사연이 중요한 건 아닌데, 그치? 중요한 건 여기 이 카페 식구들이지.

우식은 그동안의 무심함에 대한 벌칙으로 제대로 뜯어먹을 생각을 하면서 카페 문을 밀고 들어갔어. 그런데 카페 안에는 경민이 아기 고양이 하나와 어여쁜 아가씨와 함께 오순도순 저녁 시간을 보내고 있더라는 말이야.

우식은 들어서면서 과장되게 웃었지.

"하하하하! 춘천 잘 지키고 있었냐?"

그런데 경민은 우식을 몇 년 만에 만나면서도 마치 어제 본 듯 너무 자연스러운 태도를 보였어.

"왔구나."

"아핫, 안녕하세요?"

우식은 넉살 좋게 상지 옆에 앉으며 인사를 했지.

"네. 안녕하세요?"

"잉? 코리안숏헤어? 일명 똥고양이?"

우식은 아기 고양이를 대뜸 들어올렸어.

'또, 똥…?'

아기 고양이도 놀랐지만 상지도 놀랐지. 우식은 그러거나 말거나 아기 고양이를 높이 들고 쳐다보며 되는대로 마구 떠들었어.

"생산된 지 얼마 안 되네?"

"그러지 마세요."

"응? 예뻐서 그런 건데 왜 그렇게 디스를 하실까?"

"낯선 사람이 잡거나 안으면 공격받는 걸로 착각한단 말이에요."

"아하하! 고양이들은 뇌 용량이 작아서 멍청하다더니 정말 그런가 보네."

왜 그런 사람 있잖아? 자기가 말하다가 자기 말에 취하는 사람. 우식이 딱 그런 사람이었지.

"원래 고양이는 강아지보다 뇌 용량이 작아서 학습효과가 없어. 일주일만 지나면 자기 주인도 못 알아본다니까? 대신 문제 해결 능력은 뛰어나지. 논리가 아니라 본능적으로 움직이거든. 그래서 주인에 대한 충성심도 없고…."

상지가 멍하니 쳐다보는 사이에 아기 고양이는 최선을 다해 구석으로 달아나버렸어.

"밥은?"

경민이 물었지만 우식은 아랑곳없이 계속 따발총처럼 떠들었어.

"먹었어. 아직 저녁은 이르잖아? 고양이는 먹을 것과 잠잘 곳만 찾아. 주인 안 찾아. 그러니까 고양이 따위는 키우는 게 아니야. 사실 산에 살아야 맞는 동물이야."

"그럼 커피 줄까?"

"오키, 한잔 줘. 하여튼 고양이는 예의도 없고 은혜도 몰라. 게다가 일본에서는 까마귀가 쓰레기를 뒤지는데 우리나라에서는 고양이가 뒤지지."

경민은 우식 앞에 커피잔을 내려놓았어. 상지는 신기한 듯 우식을 바라보고 있고. 그게 뭐 멋지거나 그런 건 아니고. 동물원의 원숭이를 멋지다고 생각해서 구경 가지는 않잖아. 재미있거나 신기해서 그냥 잠깐 구경하는 거지.

"역시 커피는 예가체프야."

"과테말라야."

"아하하하! 과테말라하고 예가체프가 비슷하기는 하지. 이름도 똑같이 네 글자잖아."

"가방 안 무겁냐?"

우식은 그제야 커다란 가방을 내려놓느라 버둥거렸어. 누가 봐도 불안한 모습이었지. 아니나 다를까, 경민과 상지가 불안하게 쳐다보는 가운데 우식은 의자와 함께 뒤로 넘어가버렸어.

"아프겠다."

상지와 경민은 동시에 그렇게 말했지만 정작 우식은 끄떡없었어.

"아하하하! 이거 액땜이다. 액땜! 내 덕에 이 런치 카페는 이제 완전 대박 난다. 두고 봐!"

그때 상지가 더 이상 참을 수 없다는 듯 수저를 놓고 일어났어.

"정신없어서 밥맛도 모르겠네."

"학… 선생님도 그다지 조용하지는 않거든."

자기 친구를 험담해서인지 경민이 한마디 했어. 하지만 상지도 만만치 않아.

"밥값은 병원비로 까요."

"누구 맘대로…."

"내 이름은 학선생이 아니라 상지예요. 홍상지."

"어? 손님! 냥이는 슬쩍 버리고 가십니까?"

우식이 문을 열고 나가려는 상지에게 소리쳤어. 손가락은 구석에 숨어서 말똥말똥 살피고 있는 아기 고양이를 가리키면서.

"예쁘신 분이 설마 양심불량은 아닐 테고 깜빡 잊으신 거라고 믿고 싶습니다만…."

"그쪽은 안 예쁘게 생기셨으면 생각이라도 예쁘게 좀 하세요."

문이 닫히고 우식이 어리둥절한 표정으로 아기 고양이와 경민을 번갈아 쳐다보았지.

"어어… 설마…?"

경민은 들은 체도 않고 카페 안을 정리하기 시작했어.

"정리하고 야식 만들어서 맥주라도 마시자."

"야식? 좋지. 야. 근데, 요즘 뭐 길냥이들 잡아다가 팔아서 돈으로…."

"말 좀 가려서 해라. 이상한 인간들이나 하는 짓을 왜 입에 올려? 귀 더럽게."

"우씨! 웃자고 하는 얘기에 죽자고 달려드냐?"

경민은 열심히 문 닫을 준비를 하고 우식은 쉼 없이 떠들어댔어. 원래 둘이 만나면 항상 그런 편이야. 우식은 떠들고 경민은 말이 없지.

넌 어느 쪽이지? 하긴, 네가 어느 쪽이든 상관없어. 서로 닮지 않아도 친구가 될 수 있으니까. 서로 다른 걸 틀리다고 말하지 않으면 얼마든지 친구가 될 수 있는 것 아닐까?

밤이 늦어서 카페 문을 닫고 집으로 갈 시간이 되었지. 경민은 아기 고양이를 혼자 두고 가자니 영 신경이 쓰였지.

"얘 화장실 때문에 뒷문을 좀 열어놓아야 하나?"

아기 고양이는 그 말에 겁을 집어먹었어.

'나, 나 혼자 있어야 해?'

우식은 아기 고양이보다 도둑이 들까 더 걱정이었어.

"도둑 들면 어쩌려고 그래. 그냥 참으라고 해."

"뒷마당이니까 괜찮을 거야."

두 사람이 문을 나서려고 하자 당황한 아기 고양이도 현관으로 달려나가는데 우식이 쿵 한 발로 바닥을 굴렀어. 사람에게는 몰라도 고양이들에게는 상당히 위협적인 행동이지.

"쪼끄만 게 달려들고 있어. 한주먹 감도 안 되는 것이…."

아기 고양이는 놀라서 물러나면서도 경민을 바라보았어. 어느새 자기 보호자로 경민을 딱 찍은 거지. 경민이 아기 고양이를 안아들고 달랬어.

"넌 여기서 지내야 해."

그리고 뒷문 근처로 데리고 가서 내려놓고 말했어.

"배고프면 사료 먹고 쉬 하고 싶으면 나가서 해라."

아기 고양이는 풀이 죽어서 고개를 떨구고 가만히 있었어. 혼자 있기 싫었지만 경민의 말을 이해했으니까.

"뒤통수 땅기네."

"왜? 머리 다쳤나?"

"왜 내가 난데없이 고양이랑 동거를…."

"그럼 그냥 내보내. 뭐가 문제야?"

"널 왜 사람들이 어려 보인다고 하는지 알아?"

"아, 그거야 뭐 내가 워낙 피부가…."

"철이 안 들어서 그래, 인마."

"응?"

6. 조폭 고양이

마침내 런치 카페에 불이 꺼졌어. 그 모습을 앵초와 패랭이가 쓸쓸한 표정으로 바라보았지. 런치 카페의 불은 밤이 늦어야 꺼지는 거니까. 한때는 이층집 창에서 내려다봐서 잘 알지.

앵초는 여전히 쓸쓸한 표정으로 말했어.

'오늘은 틀린 것 같다.'

'왜?'

'너무 늦었잖아. 아빠는 내일 출근해야 하니 밤늦게 운전하면 안 되잖아.'

'그럼 엄마가 하면 되지?'

'넌 식구들 말을 왜 똑바로 안 듣는 거야? 엄마는 운전이 서툴러서 야간운전 못하신다고 했잖아?'

'어? 그랬나?'

'그러니까 오늘은 어디서든 일단 밤을 지내야겠다.'

'여기서 그냥 자자. 괜히 자리 떴다가 혹시라도 데리러 오시면 어떻게?'

'그런가? 그럼 배라도 좀 채우고 오자.'

'응? 너 어디 꼬불쳐 놓은 거 있어?'

'따라와. 내가 봤는데, 이 골목 끝에 있는 공터에 먹을 거 주는 캣맘이 계셔.'

'앗, 맞다. 나도 본 것 같다.'

앵초와 패랭이가 말하는 곳은 바로 고양이들에게는 무료급식소와 같은 곳이야. 마음씨 좋은 동네 캣맘이 사료와 깨끗한 물을 주는 곳이지. 물도 줘야 하냐고? 당연한 말을 하네.

도시의 길고양이는 먹을 게 없어서가 아니라 깨끗한 물이 없어서 더 고생한다고. 도시에는 온통 더러운 물만 있지 깨끗한 물이 드물어. 특히 세제가 섞인 물이 많다는 말이야. 그런데 고양이는 면역력이 약해서 세제 섞인 물을 마시면 크게 탈이 나거든.

앵초 말대로 골목 뒤 공터 구석에는 많은 양의 사료와 물이 있었지. 앵초와 패랭이는 달려들어서 사료와 물을 신나게 먹기 시작했어.

'하루 종일 굶었더니 배고파 죽는 줄 알았네.'

그런데 바로 그때, 아주 무시무시한 목소리가 들려왔어. 그 왜 있잖아, 맹수들이 주로 내는 낮고 가랑가랑한 음색 말이야.

'뭐냐?'

앵초와 패랭이가 놀라서 돌아보았어. 춘천 시내 한복판에 맹수가 나타날 리는 없지. 나타난 건 같은 고양이들이었어. 다만 앵초나 패랭이와는 다르게 살아가는 녀석들이었지. 한 무리가 덩치 큰 두목을 중심으로 폭력단처럼 몰려다녀.

그 두목 고양이의 이름은 '으아리'라고 해. 끈질긴 생명력을 가진 녀석이지. 아, 길냥이인데 어째서 이름이 있냐고? 집고양이니까 그렇지. 엄연히 집고양이야. 나이 드신 할머니와 함께 사는데, 할머니가 사료를 사다줄 형편은 안 돼서 스스로 해결해야 했어.

그런데 재미있는 건 말이야. 앵초도 패랭이도 거리의 질서를 전혀 몰랐다는 점이야.

'깜짝이야. 놀랐잖아?'

'안녕? 어서들 와. 우리 먼저 먹어서 미안.'

앵초와 패랭이는 반갑게 인사를 건넸어. 하지만 으아리나 으아리의 부하들은 자기들 영역에서 자기들 밥을 먹고 있는 이 낯선 두 고양이를 반길 마음이 없었지.

'이 해맑은 것들이 뭐라는 거야?'

으아리는 험상궂은 표정으로 앵초와 패랭이를 노려보았어. 으아리의 뒤에 선 부하들도 모두 무섭게 캬악거렸어.

'너희들 바보냐? 뭐, 안녕?'

'지금 상황이 먼저 먹어서 미안한 거냐?'

'누구 맘대로 먹으래?'

앵초와 패랭이는 그때의 상황을 이해할 수 없었어.

'다 같이 먹으라고 캣맘이 주고 간 건데 왜들 그래?'

'그러지들 마. 무섭다.'

으아리는 이 경우 없는 두 고양이에게 화가 많이 났지.

'웃기지 마! 여긴 우리 구역이다. 인간들 틈에서 사람 흉내나 내면서 너무 오래 살아서 같은 종족들의 정체성도 잊은 거냐?'

'정체성?'

앵초가 패랭이를 가리키며 웃어버렸어.

'너무 어려운 말 쓰지 마. 얘, 못 알아듣는다.'

으아리가 눈을 무섭게 뜨며 을러댔어.

'지금 웃음이 나오냐? 정말 어디 한 군데 다쳐봐야 정신을 차리겠구나! 얘들아! 우리가 누군지 좀 가르쳐줘라!'

으아리의 명령이 떨어지기 무섭게 부하들은 앵초와 패랭이를 둘러싸고 공격하기 시작했어.

'우리는 으아리파! 도전하면 고통뿐이다!'

앵초와 패랭이는 싸울 의도도 없었고 힘도 없었지. 집 안에서 곱게 자란 화초 같은 아이들이니 그게 당연한 거야. 으아리파 폭력배 고양이들은 앵초와 패랭이를 둘러싸고 노래하듯이 구호를 외치면서 거침없이 앞발로 공격했어.

‘시장 골목을 거침없이 달리며 뭐든지 훔치고 먹어 치운다!’
‘고깃집 불도그도 무섭지 않아!’
‘생선가게 아저씨는 너무 느려!’
‘밤이면 나타나서 깔끔하게 먹어준다!’
‘우리는 으아리파! 내 구역은 내가 지킨다!’

앵초와 패랭이는 흠씬 두들겨 맞았지.

앵초와 패랭이는 원래 있던 자리로 돌아가 열심히 그루밍을 해야 했어. 온몸이 쓰리고 아팠지. 다행스러운 건, 같은 고양이여서 그런지 앞발로 두들겨 패기는 했어도 발톱을 세우지는 않았다는 거야.

'아프냐?'

'응.'

'나도 아프다.'

그런데 이거 알고 있니? 고양이가 영역동물이라는 사실을. 사람들은 그것도 모르고 캣맘들이 사료를 주면 고양이들이 많이 모여들 거라고 생각하지.

오해야. 고양이들은 먹을 게 많다고 해서 몰려들지는 않아. 자기들 생활하기에 넉넉한 장소를 원하거든. 그래서 면적당 개체수를 스스로 조절한다는 말이야. 그러니까 캣맘들을 적대시하지 않아도 좋아. 어쨌거나 앵초와 패랭이는 이 난관을 어떻게든 풀어야만 했지.

'아까 그 덩치 큰 두목이 하는 말 들었지?'

'이름이 으아리래.'

'그래. 그 으아리가 하는 말 들었지?'

'무슨 말?'

'하나만 더 함께 지낼 수 있다잖아.'

'바보.'

'뭐?'

'우린 작아서 반씩 나눠서 먹을 수 있으니까 가서 그렇게 말하면 돼. 반씩만 먹겠다고.'

'그렇게 할까? 난 그래도 되는데… 넌 배고픈 거 못 참잖아?'

'까짓 거… 나도 다이어트 한다 생각하면 돼.'

앵초와 패랭이는 그렇게 밤을 지내고 아침에 다시 캣맘이 사료를 주는 공터로 나갔어. 그리고 으아리에게 자기들의 계획을 당당하게 말했지. 아주 합리적인 제안이라고 생각했으니까. 그런데 으아리는 생각이 달랐어.

'누가 그래? 그러면 된다고 누가 말했어?'

'그, 그게 아니라 우리 생각에는….'

'그러면 되지 않을까 싶어서….'

'헛소리! 으아리파는 항상 적정 숫자를 유지한다. 함부로 숫자를 늘리면 다 같이 고생만 할 뿐이야.'

'쪼끔… 먹을 건데도…?'

'난 진짜 조금 먹거든요?'

'시끄럽다. 내가 한번 정한 규칙은 절대 바꾸지 않는다.'

으아리는 부하들을 데리고 가면서 냉정하게 말했어.

'결정해라. 나를 따르든가 말든가. 지금 따라오지 않으면 공터에는 영원히 발도 들이지 못할 줄 알아라.'

이렇게 되자 앵초는 패랭이를 보내기로 했어. 그래서 패랭이를 톡

톡 치며 말했지.

'뭐 해? 어서 가.'

'가긴… 어딜 가. 너 두고 나 혼자 가냐?'

'넌 배고픈 거 절대 못 참잖아. 어서 가. 여기 자리는 내가 지키다가 엄마랑 아빠랑 오시면 알려줄게.'

'쓸데없는 소리….'

말은 그렇게 했지만 사실 패랭이는 내가 앞에서 말했다시피 먹보잖아. 배에서 꼬르륵 소리가 났어. 앵초는 짐짓 아무렇지도 않은 듯 웃으며 패랭이를 떼밀었지.

'넌 못 참는다니까? 어서 가, 어서. 난 혼자 있어도 안 심심해.'

'지, 진짜야?'

패랭이는 망설였지만 앵초는 단호히 고개를 돌리고 앞발을 휘휘 내저었어.

'그래, 그러니까 어서 가.'

그래도 패랭이가 망설이자 아예 자리를 피해버렸어.

'엄마 아빠 오면 알려줄 테니까 걱정 말고 가.'

패랭이는 마침내 앵초를 두고 혼자 달려가기 시작했어. 달리다가 돌아보았지만 앵초는 여전히 고개를 돌리고 앉아 있었지. 앵초는 패랭이가 멀어질 즈음에야 고개를 돌려 패랭이를 바라보았어. 혼자가 된다는 건 참 슬픈 일이잖아. 그래도 옳은 결정이라고 생각했어.

'하나라도 벗어나야지. 같이 고생할 필요는 없잖아.'

결정은 그렇게 했어도 사실 혼자 이 세상을 살아간다는 건 정말 힘든 일이지. 누군가 내 옆에 있다면, 더도 말고 단 하나만이라도 내 편이 있다면 세상은 지옥에서 금방 천국이 될 수도 있지. 그렇잖아?

더군다나 추운 겨울이라면 어떻겠어? 더 외롭고 쓸쓸하고 슬프지 않았을까?

'엄청 춥네. 춥고 배고프고…. 쪼끔… 힘들다.'

앵초는 가슴에 코를 묻고 그날 내내 슬픔을 견뎌야만 했어.

런치 카페 문을 열 시간이 되자 경민과 우식이 탄 작은 차가 카페 앞에 멈춰 섰지.

"어구, 추워라. 이제 완전 겨울이네."

우식은 엄살을 떨고 경민은 문을 열었어.

"추우면 안을 청소해라. 난 바깥 청소를 할게."

"장난해? 내가 가게 앞 쓸어주마. 걸레질은 질색이야."

"그러든지."

우식은 카페 앞 테라스 비질을 끝내고 골목을 쓸기 시작했지. 그러다가 앵초를 발견했어. 하지만 아랑곳하지 않고 거침없이 먼지를 일으키면서 빗자루를 휘둘렀어.

'뭐, 뭐야?'

"어? 이 동네 진짜 도둑고양이 많네?"

'누가 도둑이야?'

"근데 진짜 못생겼다. 무슨 고양이가 이렇게 생겼지?"

때마침 상지가 막 골목을 나서고 있었어.

"그 아이 이름은 앵초예요."

"어? 암컷이네?"

"뭐, 뭐라고요?"

"아, 아니. 얘 말입니다. 이름이 앵초라면서요? 이름이 그러면 암컷이잖아요?"

"좀 좋은 단어 사용하시면 안 돼요? 소녀 고양이라는 좋은 말도 있잖아요?"

"야아, 소녀 고양이는 좀 아닌데? 앵초? 이름은 안 어울리게 예쁘네. 어? 그럼 도둑고양이는 아니네?"

"당연히 아니죠. 요 앞집에 사는….."

앵초는 그제야 상지를 알아보고 인사했어.

'아, 우리 옆집 언니구나. 언니, 안녕?'

"안녕? 왜 혼자 나와 있어? 패랭이는 어쩌고?"

서로 인사를 나누는데 우식은 아랑곳하지 않고 빗자루를 다시 휘둘렀어.

"하여간 비켜, 청소하게."

우식은 휘파람 불며 청소를 계속했고 상지와 앵초는 우식을 바라보면서 동시에 같은 생각을 하게 되었지.

최악이야!

"어구구, 추워. 겨울 다 됐네. 모닝커피 한잔 주라."

우식이 들어오면서 엄살을 떨었어. 항상 시끄럽고 엄살이 많지만 사실은 그다지 중요한 일이 없는 친구였지.

"청소 끝나고 줄게."

"새끼 냥이는?"

"소파에서 자잖아."

우식이 소파를 돌아보니 아기 고양이가 늦잠을 자고 있었지. 우식은 소파로 다가가면서 다시 떠들었어.

"손님 앉을 자리에 털 날리고 냄새 배면 어떡해? 냥이가 냥이답게 소파 밑에 기어들어가 자야지."

"냅둬. 바닥 차가워서 안 돼."

우식은 아기 고양이를 소파에서 치워버리려고 했어.

"똥고양이들은 추위 안 타."

"그냥 두고 와서 커피 마셔."

"그래, 모닝커피에 샌드위치로 부탁한다."

우식은 금방 마음이 변해서 카운터로 향했고 덕분에 아기 고양이는 계속해서 늦잠을 즐길 수 있었지. 부드럽고 편한 소파에서 아기 고양이는 꿈을 꾸고 있었어. 소파를 앞발로 꾹꾹 누르면서 말이야.

아, 그게 무슨 행동이냐고? 고양이들이 누군가를 꾹꾹 누른다면 그건 바로 자기 엄마로 착각한다는 뜻이야. 엄마 젖을 빨을 때 젖이 잘 나오라고 꾹꾹 누르던 버릇이 그대로 남아 있는 거지.

"저 똥고양이는 이름이 뭐냐?"

우식은 샌드위치를 먹으면서 아기 고양이를 가리켰어.

"길냥이 이름을 어떻게 알겠냐?"

"그럼 하나 지어줘라."

"뭐라고?"

"호야."

"호야? 얘가 호랑이 닮았냐?"

"아니, 그런 뜻이 아니고 꽃 이름이다. 내가 살던 나라에 많이 피어 있던 꽃이야. 예쁘기도 하고 생명력도 강해서 내가 좋아했지."

경민은 그냥 받아들였어. 어차피 이름이 있어야 한다고 생각했지. 이렇게 해서 아기 고양이에게도 이름이 생겼어. 아, 물론 길냥이들 은 나이도 이름도 알기 어렵지. 우리들에게는 그저 큰 고양이 작은 고양이일 뿐이지.

하지만 그건 어쩌면 우리들 생각일 거야. 그들에게도 이름이 있지 않을까? 산속의 고라니들도 고목나무 위에 앉은 까마귀들도, 거리 를 배회하는 고양이들도 자기들끼리는 이름을 부를 테지. 다만, 우 리가 그들의 이름을 모를 뿐.

7. 고양이는 어색해

런치 카페답게 점심시간에는 바빠져. 근처 주민센터와 학교, 작은 사무실에 근무하는 사람들이 몰려오거든. 그래서 작은 카페 안이 꼭 차지. 카레라이스, 오므라이스, 돈가스, 샌드위치가 주 메뉴인데 우식이 오면 꼭 한 가지씩 메뉴가 추가되었지. 우식이 여러 나라를 돌아다니면서 배운 점심 메뉴 말이야.

이번에는 '반미'였어. 시범은 우식이 보였지만 맛을 낸 건 경민이야. 경민은 달걀과 토마토를 넣은 멋진 샌드위치를 내놓았지.

사실 우식이 철없고 시끄럽기는 하지만 그런대로 카페에 도움이 되는 건 사실이야. 우식의 무조건 친한 체하는 습관은 손님들을 기분 좋게 해주거든. 그래서 경민은 주방에서 요리를 하고 우식은 손님들에게 서빙을 하지.

한바탕 소동이 끝나고 한숨 돌리고 나서야 경민은 아기 고양이 호야에게 아직 밥을 주지 않았다는 걸 깨달았지.

"아, 호야 배고프겠다."

경민이 사료를 챙기려는데 우식이 반대의견을 냈어.

"맛도 없는 사료를 왜 돈 들여서 사다 먹이냐? 여기 먹고 남은 음식이 한가득인데. 음식물 쓰레기도 줄일 겸 남은 음식 먹이면 되지."

"글쎄, 그래도 되나?"

"안 될 건 뭐야? 자식이 눈치는 빨라서 손님들 있는 동안에는 소파 아래서 절대 안 나오더라."

우식은 남은 음식을 접시에 잔뜩 담아서 호야에게 가져갔어.

"사료 값이 장난이냐? 사람도 먹는 걸 고양이가 왜 못 먹겠어?"

우식이 접시를 호야 앞에 내려놓자 호야는 향긋한 냄새에 반했지. 고양이들이야 기름 냄새를 싫어할 리 없으니.

"좋겠다. 먹을 게 만날 이렇게 나올 거 아니냐?"

호야가 막 접시의 음식을 먹으려는데 갑자기 다급한 소리가 들려왔어.

"정지!"

경민도 우식도 놀라서 돌아보았지만 더 놀란 건 호야였어. 자기를 예뻐하던 누나가 못 먹게 하니 말이야.

"지금 뭘 먹으려는 거예요?"

"배고플 것 같아서….."

"사다 준 사료 있잖아요?"

"그보다 이게 더 낫지 않나? 영양가도 그렇고 맛도 그렇고….."

"맛도 영양가도 사료가 훨씬 높아요."

상지는 지난번에 사온 사료 봉지를 들어서 인쇄되어 있는 글자를 가리켰어.

"여기 보시다시피 2개월에서 12개월까지 먹이는 애들용이에요. 그러니까 성묘용보다 훨씬 영양가가 높은 거라고요."

"어, 그런 구분도 있나?"

"그리고 중요한 건 고양이는 소금기가 들어간 음식을 먹으면 안 돼요."

상지는 나이도 어리고 보기에도 소녀 같지만 학교에서 학생들을 가르치는 선생님이잖아. 그래서인지 마치 강의를 하듯이 고양이가 먹어도 되는 것과 먹으면 안 되는 것에 대해 설명회를 열었어.

"또 고양이 사료보다 강아지 사료가 조금 더 싸다고 해서 그걸 먹이면 절대 안 돼요. 그러면 타우린이 부족해서 눈이 멀거나 목숨을 잃어요. 고양이는 스스로 타우린을 만들어내지 못하기 때문에 꼭 음식물로 섭취해야만 해요. 타우린이 뭔지는 아시죠? 생선에 특히 많이 들어 있는 거예요. 그런데 타우린은 열을 가하면 파괴되니까 꼭 날것으로 줘야 해요."

경민과 우식은 상지의 설명을 지루한 줄 모르고 듣고 있었어. 경민은 호야와 살게 되었으니 들을 수밖에 없었고, 우식은 워낙 잘난 척에 유식한 척하는 걸 좋아해서 메모까지 하면서 듣게 되었지.

"그리고 특히 조심해야 하는 건 깨끗한 물을 주는 거예요. 길냥이들이 오래 살지 못하는 건 짠 음식을 먹어서이기도 하지만 특히 더러운 물을 먹어서예요. 도시에 흐르는 물은 대부분 세제가 섞인 물이니까요. 강아지나 사람은 세제를 먹어도 그다지 영향을 받지 않지만 고양이는 세제 한 스푼이면 목숨을 잃어요."

"생각보다 엄청 약하네."

"그래서 고양이는 항상 그루밍을 해요."

"고양이는 긴 털이 엉켜 피부 호흡을 못하면 피부가 약해져요. 그걸 방지하려고 털을 고르는 거죠. 하지만 가장 큰 이유는 자기 침 성분으로 살균을 하는 거예요. 그러니까 털이 고르지 않은 고양이를 보면 아프다고 생각하시면 돼요. 고양이는 피부병에 약해요. 그러니까 씻기겠다는 생각은 버려주세요. 고양이는 목욕이 필요하지 않아요. 알아서 깨끗하게 지내니까요. 이 이야기는 전에도 대충 한 적 있죠?"

상지는 한바탕 강의를 한 다음 질문을 받기로 했어. 두 남자가 하도 열심히 들어서 조금 으쓱하기도 했지.

"고양이는 육식동물인가?"

"당연하죠. 타우린을 스스로 합성해내지 못하는 것만 보아도 육식동물이 맞아요."

"이상하네. 풀을 뜯어 먹는 고양이를 본 적이 있는데 그건 뭐지?"

"그건 먹는 게 아니라 그루밍을 하느라 먹게 된 자기 털을 도로 토해내려는 거예요. 그걸 '헤어볼'이라고 해요."

어느새 커피까지 마시면서 도란도란 고양이에 대한 이야기를 나누는 사이에 차가운 비가 내리기 시작했어. 겨울이 오기 전에는 언제나 그렇잖아. 태풍 오고 비가 한 차례씩 내릴 때마다 날은 점점 추워지고, 그러다가 어느 날 눈이 내리면 이제 본격적인 겨울이 되는 거지.

"아, 이제 가야겠다."

상지가 자리에서 일어나자 경민이 얼른 우산을 챙겨주었지만 상지는 그냥 나갔어.

"우산 싫어한다고 했잖아요. 기억력 참 나쁘시네."

경민은 어이가 없어서 쏟아지는 비와 비를 맞고 걸어가는 상지를 번갈아보았어. 도대체 무슨 취향일까? 아무리 비가 좋아도 그렇지. 아니, 우산이 귀찮아도 그렇지. 경민은 우산도 없이 쏟아지는 빗속을 걸어가는 상지의 뒷모습이 왠지 안타깝게 보였어.

"감기 들기 딱인데."

경민은 문까지 열고 서서 멀어져가는 상지를 바라보았어. 그 모습을 지켜보던 우식이 경민의 어깨를 두드렸지.

"너, 외롭지?"

"뭐?"

"외롭잖아. 아니면 네가 고양이를 들이고 저런 어린 여자애한테 잔소리나 듣고 있을 리 없잖아."

경민은 아무런 대꾸도 하지 않았어. 딱히 저 초등학교 선생님이 마음에 드는 것도 아니지만 그렇다고 해서 싫은 것도 아니고, 또 고양이를 들인 것이 마음이 내켜서도 아니고 이제 와서 싫다는 느낌도 없으니 애매하더라는 말이야.

그러나저러나 폭우가 내리니

골목에 있는 앵초는 죽을 맛이었어. 아무리 처마 밑이라고 해도 빗방울이 들이쳐서 몸이 젖기 마련이지. 게다가 그 빗방울들이 여간 차가운 게 아니라는 말이야.

하루 종일 아무것도 먹지 못했는데 저 런치 카페에서는 하루 종일 속이 뒤집어질 만큼 향긋한 음식 냄새가 풍겨 나오니 고문이 따로 없지.

'사료 한 알만 먹었으면 좋겠다. 아니 솔직히 열 개 먹고 싶다.'

그날은 저녁노을도 없이 해가 지더니 땅거미가 몰려들었어. 하루 중 가장 추울 때가 언제인지 아니? 다들 새벽이라고 하겠지만 사실 누구에게나 가장 춥게 느껴지는 건 모든 창문의 불이 꺼지는 바로 그때야. 나처럼 혼자 떠돌아다니면서 사는 사람만이 그 추위를 알지.

앵초는 춥고 외롭고 배고팠어. 밤은 깊어가는데 이대로 있어야 하나 움직여야 하나, 갈등이 생길 시간이야. 고양이는 추위에도 약하지만 특히 굶주림에 약해. 만일 일주일 이상 굶는다면 간이 망가지기 때문에 다시는 회생하지 못할 정도로 몸이 쇠약해져.

그런데 바로 그때 앵초는 깜짝 놀랄 수밖에 없었어. 자기 눈을 의심했지. 멀리 공터 쪽에서 패랭이가 정신없이 달려오는 게 보였어. 게다가 입에 생선 반 토막을 문 채로 말이야. 이거야 정말 꿈같은 장면이지.

'너 어떻게 온 거야?'

'어서 이거나 먹어. 하루 종일 굶었지?'

'이런 거 가져오다 걸리면 너까지 쫓겨날 수도 있어.'

'그래도 할 수 없지, 뭐.'

'무슨 배짱이야? 으아리라는 친구 아주 무시무시하던데.'

'으아리도 그렇게 나쁜 친구는 아니야. 새벽마다 할머니가 폐지 모으러 다니실 때 지켜주느라 같이 다니거든. 그래서 새벽에는 여기 없어.'

'아, 다행이다.'

앵초는 생선을 맛있게 먹기 시작했어. 차갑고 딱딱했지만 참을 만했어. 사실은 평소에 입에도 안 대는 얼음이라도 얼마든지 먹을 판이었거든.

그런데 바로 그때 발소리를 죽이며 다가온 고양이 한 무리가 있었으니 바로 으아리파 고양이들이었지.

'내가 이럴 줄 알았어.'

'감히 우리 먹을 걸 훔쳐?'

앵초와 패랭이는 겁에 질려버렸지. 이미 한 번 흠씬 두들겨 맞은 경험이 있으니 그 공포가 더했어. 패랭이는 한바탕 싸울까 생각도 했지만 앵초는 아예 전의를 상실했어. 이제는 얻어터지는 수밖에 없었지.

그런데 바로 그때 낮으면서도 가랑가랑한 음색이 들려왔어. 바로 앞에서도 이야기한 맹수들이나 내는 소리였지.

'그만들 둬.'

낮고 작았지만 그 한마디에는 거역할 수 없는 힘이 깃들어 있었어. 모두가 놀라 소리 나는 쪽으로 고개를 돌렸지. 고양이들은 보통 소리를 들을 때 귀만 살짝 돌려서 듣지만 지금의 음색은 그렇게 무시할 만한 소리가 아니었지.

'앞으로는 그냥 둘이 다 와서 먹어. 대신 공터로 와서 살 생각은 하
지 마. 그건 안 돼. 동네 사람들이 우리 숫자가 늘어나는 걸 싫어하니
까 내 친구들까지 해코지를 당할 수가 있다는 말이야.'

앵초와 패랭이는 좋아서 고개를 끄덕였지만 다른 길냥이들은 불
만이었지.

'대장, 그냥 놔두는 거야?'

'나쁜 짓을 했는데도?'

'우리 음식을 훔쳤다니까?'

길냥이들이 저마다 불만을 이야기했지만 으아리는 냉정하게 무시해버렸어.

'시끄러. 먹을 건 충분하잖아. 더 불만 있는 녀석은 내 앞으로 나와라.'

아무도 나오지 못했지.

'그럼 내 말대로 하는 거다. 뒤에서 비겁하게 저 두 아이를 공격하는 놈은 각오해라.'

길냥이들은 금방 풀이 죽어버렸어. 근처에서 으아리를 이길 만한 상대는 아무도 없었거든. 언젠가 공터 건너 길냥이 무리와 며칠을 싸워서 기어이 이겨버린 으아리야.

으아리는 다시 오던 길로 돌아가면서 혼잣말을 했지. 누구 들으라고 한 말 같지는 않았어. 하지만 모두가 똑똑히 들었지. 긴장하고 있었으니까.

'너희들은 내 것을 훔쳐다 누군가에게 줄 용기라도 있냐?'

멋지지? 난 어떤 무리든 간에 리더가 되려면 으아리 정도는 되어야 한다고 생각해. 모두의 안전도 생각하지만 또 약하고 힘없는 소수를 무시하지 않는 배려. 그런 게 있어야 진정한 리더 아닐까?

여하튼 그렇게 해서 앵초와 패랭이는 이제 굶지 않아도 되었어. 추위가 좀 심해졌지만 그 정도는 배가 부르면 얼마든지 이겨낼 수 있

었지. 두 녀석은 꼭 붙어 앉아 서로의 체온을 나누면서 버텨내고 있
었어. 점점 더 추워지는 겨울을.

8. 첫눈은 행운이래

비를 맞는 것보다는 눈을 맞는 게 낫지. 그건 사람이든 고양이든 마찬가지일 거야. 겨울이 본격적으로 시작되면 이제 비 대신 눈이 내리지. 바로 첫눈 말이야.

아침부터 날이 흐리더니 한낮이 되자 서서히 눈발이 날리기 시작했어. 진눈깨비가 아니라 진짜 눈이 내리기 시작한 거지. 올겨울 첫눈이. 아, 넌 혹시 첫눈에 대한 정의를 아니? 공식적으로 첫눈이라고 말하려면 어떤 기준을 충족해야 하는지 말이야. 대부분의 사람이 모르고 있지만 사실은 첫눈에 대한 기준이 정해져 있지.

첫눈의 정의는 어떤 지역이든 기상관측소 관측원이 관측소 마당에 쌓인 눈을 발견하면 그게 올해의 첫눈이 되는 거래. 하하, 실망했어? 난 그날만 생각하면 너무 기분 좋아서 자꾸 웃음이 나오는데 말이야. 하긴 첫눈은 뭐 누구나 좋지.

그날은 토요일이었어. 학교에 출근할 필요가 없는 날이었지. 하지만 상지는 아침부터 크고 두툼한 종이 상자와 담요를 들고 골목에 나타났어.

"이걸로 집이라도 만들자."

상지는 그 무렵 런치 카페의 식구들과 친해져서 방과 후에는 주로 그곳에서 보냈지. 함께 저녁을 먹고 청소를 하고 둘러앉아서 이야기를 나누며 커피를 마셨어. 우식은 자기가 어떻게 살아왔는지 이야기했고, 경민은 요리에 대한 이야기를, 상지는 고양이와 아이들에 대해 이야기했지. 그러다 보면 돌아갈 때는 밤늦은 시각이 되고는 했어.

그러다가 밤이 늦어도 항상 그 자리에 앉아 있는 앵초와 패랭이를 보게 된 거야. 사람들은 남의 일에 생각보다 관심이 없는 편이야. 현이네 가족이 이사한 줄은 알았지만 금방 데리러 오겠거니 했다는 말이지. 그런데 시간이 지나도 내내 그 자리를 지키는 앵초와 패랭이를 보며 그제야 깨닫게 되었어.

버리고 간 거야.

화가 나기도 했지만 슬프기도 했어. 현이가 앵초와 패랭이를 얼마나 예뻐했는지 아니까. 하지만 이제 어쩌면 아주 돌아오지 않을 수도 있겠다 싶어서 방법을 찾아야 했지. 그래서 아침 일찍부터 집을 만들어주려고 종이 상자와 담요를 들고 온 거야. 비바람과 눈을 막아줄 상자와 담요 정도만 있어도 한결 아늑할 테니까.

상지가 종이 상자를 내려놓고 그 안에 담요를 깔아주는 동안 앵초와 패랭이는 아무런 반응 없이 그저 몸을 밀착시킨 채 서로의 가슴에 코를 박고 엄청난 추위를 참고 있었지.

"뭐 하는 거야?"

이제 막 도착한 경민이 상지를 발견하고 물었어.

"집 만들어주려고요. 버리고 간 것 같아요. 데리러 돌아올 줄 알았는데 아니네."

"그렇게 해줘도 누군가가 상자를 가지고 가버릴걸?"

"그래도 일단 이렇게라도 해줘야죠. 눈이 내리잖아요."

경민은 하늘을 올려다보았어. 눈발이 점점 거세지고 있었지. 펄펄 혹은 펑펑이라고 할 만한 그런 눈이었어.

"첫눈이 누군가에게는 축복이라는데 누군가에게는 고통이 될 수도 있는 거네요."

"그렇게 안타까우면 데리고 가서 키우지 그래?"

"그럴 형편이 못 되네요."

"왜? 식구들이 싫어해?"

"혼자 살아요."

그때까지 많은 대화를 나누었어도 상지는 자기에 대해서는 한마디도 하지 않았어. 언제나 자기를 뺀 나머지를 말했지.

"그리고 저 아파요."

그 말은 아파서 아이들을 돌볼 수 없다는 뜻이었지. 경민은 놀라서 상지를 바라보았지만 상지는 태연히 앵초와 패랭이를 안아다가 상자 안에 넣어주고 카페로 향했어.

"커피 주세요."

"어? 아, 그래."

경민은 커피를 내리고 상지는 창가에 앉아서 내리는 눈을 구경했어. 경민은 어디가 아프냐고 묻고 싶었지만 묻지 못했지. 그런 건 함부로 물어보는 게 아니니까.

두 사람이 상념에 젖어서 눈 내리는 풍경을 감상하고 있는데 우식이 요란스럽게 나타났어. 우식은 어디선가 붕어빵을 사가지고 와서 탁자에 늘어놓고 호들갑을 떨었어.

"자자, 어서들 와서 잉어 한 마리씩 해치웁시다."

"붕어지 잉어예요?"

"어어? 이거 잉어빵이야. 크고 팥도 많고 기름기도 쫙 돌고…."

둘러앉아 붕어빵 혹은 잉어빵을 먹었지. 토요일은 카페에 오는 손님이 거의 없어. 회사도 관공서도 다 쉬니까. 관광객들도 춘천까지 와서 이런 런치 카페에는 들르지 않지. 춘천 하면 닭갈비와 막국수 잖아. 춘천 사는 사람들이나 가끔 찾아올 뿐이지.

"첫눈 내리는 날 붕어빵 정말 좋다."

"잉어빵이라니까."

상지는 흐뭇하게 붕어빵을 베어 먹으면서 웃었어. 좋은 날이었지. 좋은 날인 건 확실했어. 런치 카페에서만 좋은 일이 있었던 게 아니야. 골목에서도 좋은 일이 일어났어. 눈은 행운을 가져다준다더니 정말 그런 것 같았지.

"저기 오는 사람…."

"응?"

"현이 아니야?"

"뭐? 현이?"

코를 박고 있던 앵초와 패랭이는 동시에 고개를 들고 차가 다니는 큰길을 바라보았어.

정말 현이가 걸어오고 있었어.

눈이 펑펑 내리는 길을 종종거리면서 걸어오고 있었어. 달려가서 맞이해야 할 텐데 앵초도 패랭이도 멍하니 바라만 보았어. 꿈이 아닐까 싶었던 거지.

"앵초야! 패랭아!"

마침내 현이가 다가와 앵초와 패랭이를 꼭 끌어안았어. 서로 입을 맞추고 볼을 비볐지.

알고 있니? 고양이들은 정신없이 날뛰지 않아. 아무리 좋아도 그런 모습은 보기 힘들어. 고양이들은 다만 아주 조용히 그 순간을 즐기지. 마치 혼자만의 꿈을 꾸듯이. 혹은 누군가와 함께 같은 꿈속에 있는 듯이⋯⋯

앵초와 패랭이는 현이가 데리러 온 줄 알았어. 하지만 현이는 그저 앵초와 패랭이가 그리워서 온 거였어. 엄마 아빠를 조르고 졸라서 한 번만 보고 온다는 조건으로 겨우 허락을 받아냈지.

"춥지? 견디기 힘들지? 어떡해."

현이는 자기가 너무 어려 이 문제를 해결할 능력이 없다는 게 슬펐어.

"여기서 사는 거야? 누가 집을 만들어주었구나. 그런데 여기서 조금만 더 살아야 할 것 같아. 아니, 어쩌면 좀 오래 살아야 할 수도 있어. 엄마랑 아빠가 약속했거든. 내가 1등 하면 너희들 데리고 살아도 된다고 약속했어."

사실 막연한 이야기였지. 애초에 버리고 가지 않았으면 그런 약속도 할 필요가 없었을 텐데….

"그런데 아무래도 겨울은 지나야 할 것만 같아. 어떡하지?"

현이가 너무 슬퍼하자 앵초도 패랭이도 덩달아 슬퍼졌어. 하지만 현이가 마음 아파할까 봐 짐짓 아무렇지도 않은 척하기로 마음먹었지. 뭐, 의논하지 않아도 둘은 워낙 오랫동안 같이 살아서 죽이 잘맞아.

'현이야, 울지 마. 우린 괜찮아.'

'여기가 생각보다 살기 좋아. 보다시피 이렇게 멋진 집도 있잖아.'

'그래, 맞아. 여기 뒤에 있는 공터에 가면 먹을 것도 많아.'

'그럼그럼, 친구들도 많아.'

현이는 앵초와 패랭이가 자기를 위로하느라 다리에 몸을 비비면서 이리저리 쓸고 다니는 걸 마치 이제 같이 가자는 걸로 알고 더 슬퍼 했어. 하지만 현이는 아직 어려서 고양이로 치면 서너 달도 안 된 아기와 같아. 그러니 할 수 있는 게 없지.

"내가 꼭 1등 해서 데리러 올게. 꼭 약속할게."

현이는 주머니에서 작은 간식을 꺼냈어. 평소에 앵초와 패랭이가 아주 좋아하는 간식이지. 현이는 상자로 된 집에 간식을 넣어주고 다시 앵초와 패랭이를 꼭 끌어안았어.

"잘 지내. 다치지 말고 아프지도 말고 잘 지내야 해."

앵초도 패랭이도 현이의 품과 냄새가 좋아서 몸을 떨었어. 심장이 쿵쿵 뛰었지. 그렇지만 매달리지는 않았어. 그래서는 안 되는 걸 알았지. 모든 게 슬프고 실망스러웠지만 현이가 눈물 흘리는 걸 보는 것보다 더한 아픔은 없으니까.

현이는 돌아갔어. 마치 꿈을 꾼 것 같기도 하고 너무 그리워서 환상을 본 것 같기도 했지. 그렇게 현이는 가버렸어.

9. 날마다 주변에서 일어나는 기적

넌 일요일에 주로 무엇을 하고 지내니? 낚시를 하거나 등산을 하거나 아니면 교회에 가거나 조기축구를 하는지 모르겠다. 영화를 보러 다닌다고? 아, 그거 좋은데.

상지는 일요일이면 커다란 가방을 메고 집을 나서. 그러고는 길을 다니면서 온 동네 고양이들에게 일요일의 특식을 선사하지. 간식을 주고 다닌다는 말이야. 처음 보는 녀석이든 오래 보아온 녀석이든 상관없어. 물론 오래 보아온 녀석들은 일요일 오전이면 상지가 간식을 가져올 걸 알고 미리 길목을 지키고 서 있기도 하지.

경민은 일요일에도 런치 카페에 나와. 카페 문은 열지 않고 글을 쓰지. 언젠가는 완성될 소설을 쓰는 거야. 음악을 틀어놓고 커피를 마시면서… 그런 건 아니야. 글을 쓸 때는 음악도 듣지 않고 커피도 마시지 않아. 그저 글만 쓰는 거야, 기도하듯이.

그런데 우식이 나타난 이후로는 그 리듬이 여지없이 깨져버렸지.

우식은 음악을 큰소리로 틀어놓고 텔레비전까지 켜고는 핸드폰을 들여다보거든. 그러면서 줄기차게 떠들고 먹을 걸 만들면서 소란을 피우지.

탕탕. 누군가가 문을 두드렸어. 상지였어. 화가 많이 난 얼굴로 문을 두드리는데 누구라도 걸리면 국물도 없다는 듯한 모습이었어.

"고양이집을 누가 없애버렸어요!"

상지의 얼굴은 화가 나서 발갛게 달아올랐고 금방이라도 울 듯한 표정이었어.

"내가 없앴어."

경민은 태연히 말했고 상지는 경민을 한 대 때리려다가 그만 눈이 휘둥그레졌어. 카페 한쪽(그러니까 지금 내가 바라보고 앉은 저 무대) 소파에 호야와 함께 앵초와 패랭이가 나란히 앉아 있지 뭔가.

"어, 어떻게 된 거예요?"

"영하 10도가 넘어. 종이상자로 어떻게 버티겠어?"

앵초와 패랭이가 상지를 향해 손을 흔들었어.

'이리 와, 언니. 여기 푹신하고 따뜻하다.'

'누나, 안녕? 우리 새로 마련한 집이야. 편히 앉아.'

상지는 너무 놀라워서 경민을 돌아보았어. 너무 좋으면 웃음도 안 나온다는 걸 알고 있니? 너도 그런 경험이 있나 모르겠다.

"뭐, 그냥 하나든 둘이든 무슨 상관이겠어? 이왕 같이 사는 거라면 말이야."

우식만은 텔레비전에 눈길을 주면서 투덜댔지.

"털 날리고 냄새 나서 손님 다 떨어질걸? 난 경고했다. 나중에 나 원망하지 마라."

상지는 쫓아가서 한 대 쥐어박고 싶은 걸 꾹 참고 경민에게 활짝 웃어 보였어. 이럴 때는 그저 칭찬으로 떡칠을 하는 게 올바른 태도지.

"털이야 청소 부지런히 하면 되는 거고 손님들 오는 시간에는 잠시 로스팅실에 가둘 거야. 싫어해도 그건 어쩔 수 없지."

"내가 청소도 도와드리고 아이들 간식도 사올게요. 냄새 제거에 짱인 스프레이도 있어요. 냄새 확 잡아줄 걸 장담해요."

"그래, 안심이네."

경민은 상지가 호야를 안고 소파에 앉는 걸 보면서 흐뭇했지. 세상에는 참 별난 일도 많아. 그리고 불가능해 보이는 일들이 일어나면 다들 기적이 일어났다고 하지.

그런데 생각해봐. 우리가 얼마나 많은 기적에 둘러싸여 있는지를. 우리는 날마다 수많은 기적에 둘러싸여 살아가고 있다고.

지난겨울 나의 기억 *My reminiscence of last winter*

10. 모든 사랑은 슬프다

물론 모두에게 첫눈이 똑같이 행운이라고 말할 수는 없지. 누군가에게는 행운의 하루가 누군가에게는 불행한 하루일 수도 있는 거니까. 어느 날은 너에게, 어느 날은 나에게 슬픈 날일 수도 있는 거지.

첫눈이 내리던 일요일은 으아리에게 그런 날이었어. 지붕 위에 하얀 눈이 소복소복 쌓이던 아침부터 할머니는 내내 주무셨어.

아니, 어쩌면 어젯밤부터였는지도 몰라. 할머니는 줄곧 잠에서 깨어나시지 못했어. 으아리는 평소처럼 그 큰 덩치로 할머니 가슴에 올라가 꾹꾹이를 했지. 어려서부터 그렇게 해서 할머니를 깨웠거든.

언제부턴가 할머니가 으아리의 무게를 이기지 못해 "아이고, 인석아. 할미 무거워. 내려와." 해도 으아리는 못들은 체했지. 할머니를 꾹꾹이로 깨우지 않는 건 마치 어린 시절을 잃는 것만 같아서 말이야.

할머니와 살기 시작했을 무렵의 어린 으아리는 지금처럼 크고 튼튼하지 못했어. 대신 똑똑했지. 그래서 할머니는 으아리를 '애늙은이'라고 놀리곤 했어. 어려서부터 꽤 약았거든.

태어날 때부터 약은 건 아니고, 어쩌다 멍청한 짓을 해서 거의 죽을 뻔한 일을 겪고 나서야. 왜 어려서는 너나 나나 말 안 듣잖아. 할머니는 항상 말했지.

"양파가 들어간 걸 먹으면 큰일난다."

할머니는 으아리에게 사랑을 담뿍 쏟았고, 어디선가 생활비가 꼬박꼬박 들어오던 시절이었어. 할머니와 으아리는 그저 하루 종일 먹고 놀기만 하면 되었지. 낮에는 집 뒤란 텃밭에서 소일하고 밤이면 할머니의 옛날이야기를 들었지.

으아리 녀석, 그렇게 세상 무서울 것도 걱정거리도 없으니까 간이 좀 부었나 봐. 할머니 몰래 슬쩍 국물을 먹은 거야. 사료와 간식 말고는 다른 음식을 일절 못 먹게 했는데 말이지.

'왜 저 생선 냄새가 나는 국을 먹지 못하게 하지?'

으아리는 그게 불만이었어. 할머니는 툭하면 그 작은 생선들을 넣고 끓인 국물에 국수를 말아서 맛있게 드시는데 말이지.

그래서 어느 날 할머니가 식사 후에 다른 데 신경 쓰는 틈을 타서 재

빨리 국물을 먹었는데 맛이 꽤 괜찮았어.

'어어, 이거 꽤 괜찮은 맛인데?'

한번 국물 맛을 본 으아리는 이제 할머니가 냄비를 내놓기만 하면 설거지 전에 재빠르게 달려들어 국물을 신나게 먹어 치웠지. 구수하고 비릿한 냄새가 좋았어. 물론 좀 짠맛이 나기는 했어. 뭐 단맛이 나는지도 모르지. 하지만 그건 상관없잖아? 고양이는 단맛을 모르니까.

그런데 어느 날 으아리는 자기 몸이 이상하다는 걸 느꼈어. 자꾸 어지러워서 제대로 걸을 수가 없고 구역질이 나서 밥 먹기가 싫었어. 어느 날부터인가는 가슴이 쿵쾅거리고 먹은 것도 없는데 설사를 했지. 그러다가 정신이 몽롱해지더니 그만 정신을 잃고 쓰러져버렸어.

깨어나 보니 자신은 차디찬 철제 침대에 누워 있고, 보기에도 무섭게 생긴 어떤 아저씨 옆에서 할머니가 울고 있었어.

"살았구나, 살았어. 으아리, 살았네."

할머니는 손뼉을 치며 좋아하셨지.

"대견하다. 우리 으아리, 대견하다." 으아리는 할머니가 왜 자기를 칭찬하는지 좀 헷갈렸지. 분명 사고를 제대로 친 것 같은데 말이야.

고양이에게 양파는 치명적이야. 그런 상식을 너는 아니? 나도 사실 잘 몰랐는데, 고양이는 생 양파나 생파가 몸에 해롭다는 것을 본능적으로 알아서 먹질 않아. 이것들은 조리 과정에서 나쁜 성분이 더

농축되어 강해지는데 향이나 맛은 다른 음식에 가려서 제대로 감별할 수가 없는 거지. 여하튼 죽을 뻔한 사고였는데 으아리는 구사일생으로 살아났어.

그날 밤, 할머니는 으아리를 끌어안고 내내 잠꼬대를 하셨지. 고맙다. 고맙다. 고맙다.

으아리는 그때 이후로 엄청나게 튼튼해졌어. 잘 먹고 잘 놀았지만 먹는 종류에는 의심이 많아졌지. 또 위험을 직감하는 능력도 생겼어. 왜냐하면 자신이 할머니한테 정말 소중한 존재라는 걸 알았거든.

그런데 이제는 정말 편안하게 지낼 만하겠구나 싶을 때 다시 이상한 일이 벌어졌지. 지금까지는 나라에서 할머니에게 매월 돈을 주었는데 이제 더 이상 주지 않는다고 했어. 으아리로서는 이유를 알 도리가 없는데, 하여간 법이 바뀌어서 이제 주지 않는다, 할머니 아들이 아주 잘 번다, 그런 이야기야.

고양이가 그걸 어떻게 이해하겠어? 할머니는 이해하고 고개를 끄덕였지. 할머니는 세상일이라면 이해하지 못할 게 없는 분이니까. 그리고 그날 이후로 할머니 생활은 많이 힘들어지셨지.

할머니는 새벽부터 손수레를 끌고 나가셔야 했어. 으아리도 동행했지. 그러다가 캣맘이 주는 사료를 본 으아리가 달려가서 먹는 모습을 보신 거야. 할머니가 보고 있으니 으아리는 일부러 맛있게 먹었어. 굳이 돈 들여서 자기 사료를 사올 필요는 없으니까.

할머니는 잘했다는 말도 미안하다는 말도 하지 않았어. 그저 잠자리에 누워 으아리를 쓰다듬고 또 쓰다듬었지.

으아리는 그 이후부터 엄청나게 강해지기 시작했어. 할머니를 따라 새벽길을 나서다 보니 캣맘이 주는 사료를 제대로 먹을 수가 없는 거야. 그렇다고 해서 다른 길냥이들처럼 아무거나 먹지는 않았어. 그게 어떤 결과를 가져올지 잘 아니까.

으아리는 싸웠어. 용감하게 싸워서 모든 길냥이들을 굴복시켰지. 그리고 규칙을 만들어서 자기 자리를 확보했어. 물론 리더로서 친구들을 위해 많은 노력을 했지. 위험한 행동과 해로운 먹을 것을 구분하게 해주고 영역을 지켜서 개체수를 조절했어.

모두가 으아리를 따랐지. 많은 식구들의 리더로서 깃발이 되어주었으니까. 길냥이들은 언제나 인간이나 환경에 의해 생명을 위협받으면서 살아가니까 확실한 리더가 필요했지.

그 모든 것의 중심에는 언제나 할머니가 있었어. 으아리에게는 할머니 외에는 모든 게 무의미했어. 으아리파도 할머니와 더불어 잘 살아보고자 만든 거니까.

그런데 어느 날 사람들이 할머니를 데려갔어. 할머니를 깨우려다 실패한 으아리가 어마어마한 소리를 질러댔기 때문에 무슨 일인가 해서 왔던 옆집 아주머니가 신고를 한 덕분이지.

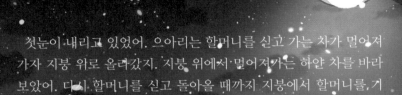

첫눈이 내리고 있었어. 으아리는 할머니를 싣고 가는 차가 멀어져 가자 지붕 위로 올라갔지. 지붕 위에서 멀어져가는 하얀 차를 바라보았어. 다시 할머니를 싣고 돌아올 때까지 지붕에서 할머니를 기다릴 참이야.

하지만 할머니는 보이지 않고 눈은 자꾸 내렸어.

11. 식구가 된다는 건

본격적인 겨울이 시작되었지. 춘천의 겨울은 정말 추워. 처음 춘천살이를 하는 사람들은 춘천에는 가을이 없는 것 같다고 말하지.

날이 추워지니까 카페에서 지내야 하는 고양이들 때문에 대책이 필요했어. 밤새도록 난로를 피워놓을 수도 없는 거지. 연료도 연료지만 무엇보다도 위험하니까 말이야. 그래서 다 같이 둘러앉아 회의를 시작했어. 경민, 우식, 상지, 앵초, 패랭이, 호야.

"고양이들은 실내에만 있으면 추위 때문에 건강에 문제가 생길 일은 없어요."

"내 생각도 그래. 낮에 있던 열기로 버틸 수 있지 않을까?"

상지도 우식도 그렇게 말했지만 경민의 생각은 달랐어.

"밤에 문을 열어두지 않으면 안 돼. 고양이 화장실은 밖에 둘 수밖에 없어. 카페에 고양이 똥 냄새가 나면 안 되니까."

"그래도 뭐 문제가 있을까?"

"그러니까 온기는 다 빠져나가게 돼. 저 큰 녀석들은 괜찮을 것 같은데 호야가 문제잖아. 이 동네 겨울이 얼마나 추운지 모르는 거야?"

"길냥이들은 한겨울 혹한에도 잘만 살아남더라. 과잉보호 아냐?"

"난 저 큰 녀석들도 사실 좀 걱정은 돼요. 집냥이들이라 추위에 약할 것도 같아요. 사실 길냥이들도 정말 강한 애들만 살아남는 거예요."

"어떻게 해야 할까?"

"고양이문을 만들죠?"

119

"고양이문?"

"문에 구멍을 내 고양이들만 드나들 수 있게 하면 문을 닫아도 돼요."

"그런 문을 어떻게 만들지?"

상지는 인터넷에서 고양이문 만드는 법을 찾아서 경민에게 보여주었어. 문 아래쪽에 작은 통로를 만들어서 고양이만 밀고 드나들 수 있게 하는 거지.

"이건 멋진데?"

"그런데 문에 구멍은 어떻게 뚫지?"

"그건 내가 할 수 있어."

고양이문 문제는 간단하게 해결되었지. 경민은 카페 인테리어 대부분을 스스로 한 재주꾼이니까 그 정도 만드는 건 문제가 되지 않았어.

'문 열어두어도 우린 괜찮은데.'

'우리에 대해서 잘 모르는 거야.'

앵초와 패랭이는 식구들이 쓸데없는 걱정을 한다고 생각했지만 호야는 달랐지.

'문 열어두는 건 무서워.'

'왜 무서워? 자유롭게 드나들고 좋지.'

'밖에서 무서운 애들이 들어오면 어떡해? 특히 옆집 불도그가 들

어올까 무서워.'

'불도그는 묶여 있던데?'

'가끔 풀려. 줄 풀리면 여기저기 으르렁대면서 다녀.'

'그래도 여기까지 들어오지는 못할걸?'

앵초는 경민을 가리켰어.

'저 형아 무서워. 내가 우리 집 2층에서 가끔 내려다보았는데 불도그가 꼼짝도 못해.'

'그러니까 우리 형아 무서워서 문 열어두어도 들어오지 못할 거다, 이런 말이지?'

'당연하지.'

호야는 경민을 바라보며 자랑스럽게 말했어. 아직 어리지만 이곳에 먼저 와서 자리 잡았고 경민하고도 먼저 친해졌으니까 으스댈 만한 거지.

"아무리 뒷문이지만 문을 잠그지 않고 다니는 건 마음이 놓이지 않으니까 그렇게 하는 게 좋겠다. 내가 만들게. 회의 끝."

경민은 호야가 믿을 만한 형답게 결론을 내렸어. 상지가 말을 받았지.

"재료는 내가 주문할게요."

"그게 다가 아니지. 이제부터는 고양이털과의 전쟁이야. 고양이는 냄새도 냄새지만 털이 문제거든. 손님들 음식에 들어가기라도 하면 진짜 난리 나는 거야."

우식의 걱정에 상지가 얼굴을 찌푸렸지만 사실 우식의 걱정도 틀린 건 아니야. 현실은 현실이니까.

'어, 저 못생긴 아저씨 말하는 거 좀 봐.'

'우리 내쫓으라고 하는 말이야?'

호야와 패랭이는 발끈했지만 앵초는 누나답게 차분히 말했어.

'그런 건 아니야. 문제를 해결하려는 거지.'

앵초의 말대로 경민과 상지는 문제를 해결하려는 거였어. 우식이 조금 부정적이지만 역시 아이들을 내쫓자는 건 아니고 문제를 심각하게 받아들이자는 거지.

"내가 많이 도와줄게요. 일단 청소가 제일 중요해요. 청소에만 바짝 신경을 쓰면 냄새도 털도 문제가 되지 않죠."

"그것만은 아닐걸?"

우식은 소파를 가리켰어.

"테이블은 몰라도 소파는 저 녀석들의 발톱을 견뎌내지 못할 거야."

"그건 내가 가져올게요."

"뭐를?"

"아이들 긁는 것."

"그런 게 따로 있나?"

"그럼요. 스크래처라고, 아이들 긁는 용도로 만들어진 것들 많아요. 또 뒷마당에 나무도 있으니까 소파를 긁지는 않을 거예요."

경민은 우식과 상지의 대화를 들으면서 저녁 준비를 했어. 맛있는 냄새가 카페 가득 퍼졌지. 경민의 먹음직스러운 오므라이스.

"두고두고 생각날 거예요."

상지는 오므라이스를 먹다 말고 행복한 표정으로 말했어. 경민과 우식은 그저 오므라이스일 뿐인데 좀 오버하는 느낌을 받았지. 그런데 진짜 행복한 표정으로 맛있게 먹는 상지를 보면서 오버라고 말하지는 못했어.

"매일 와서 먹을 거잖아. 그러면 되지."

"그러네요."

상지는 숟가락을 입에 문 채 경민과 우식을 보면서 웃었어. 같이 밥을 먹는다는 건 식구가 된다는 이야기지. 누군가와 식구가 된다는 건 참 흐뭇한 일 아냐? 물론 뭐, 그만큼 귀찮은 일도 생기겠지만.

'우리도 먹자.'

호야가 밥그릇 놓인 곳으로 달려가고 뒤따라 앵초와 패랭이도 달려갔지. 뒷문 가까이에 있는 밥그릇과 물그릇으로 가서 나란히 식사를 시작했어.

'그릇 바꿔야겠다.'

'그래, 셋이 머리 들이밀기에는 너무 작은데?'

'교대로 먹으면 되잖아. 사료 많이 두면 냄새 나서 손님들이 싫어해. 유난히 우리를 싫어하는 사람들도 있거든.'

'사료 냄새도 싫어해?'

'타우린이 많이 든 사료 특유의 냄새가 있어서 그래.'

'난 좋은데.'

'넌 고양이니까.'

서로 떠들면서 사료를 먹었어. 뭐 허구한 날 똑같은 사료지만 또 허구한 날 맛있는 게 사료야. 공연히 이것저것 먹어봐야 건강만 해치지.

'사료 떨어트리지 마. 우리 형아가 치워야 한다.'

'걱정 마. 떨어진 건 내가 남김없이 먹어주지.'

'천천히 먹어. 어차피 우리 집이잖아.'

추운 겨울이 시작되었지만 이번 겨울은 그 어느 해보다도 따뜻하고 단란하게 시작되었어. 앞으로 다가올 복잡한 규칙을 지켜야 하는 수고쯤은 감수해도 좋았지.

그런데 알고 있니? 고양이들 말이야. 자기 집사를 자기가 선택하는데 많은 사람들이 거기에 대해서 오해하고 있다는 사실을. 고양이들이 너무 차갑고 자기 장소만 중요하게 여기고 자기랑 같이 사는 사람에게 애정을 주지 않는다는 소문 말이야.

그건 정말 엉터리 소문이야. 고양이는 내성적이어서 호들갑을 떨지 않을 뿐이지. 고양이는 아주 조용히 애정을 즐겨. 서로만 아는 마음으로. 아, 고양이가 자기 집사를 어떻게 표시하는지는 알지?

"이 녀석은 그런데 왜 내 다리에 자꾸 감기는 거야?"

우식은 처음에 그게 영 못마땅했어. 바지에 털이 묻는 게 싫었거든. 고양이의 뺨에서는 미세한 분비물이 나오는데 그걸로 내 집사라고 표시를 하는 거야.

"저리 안 가?"

우식은 매번 발로 밀어냈지만 마치 그게 재미있다는 듯이 패랭이는 우식의 다리에 가서 몸을 비볐어.

"나한테 뭘 바라는 거냐?"

사실 누군가의 애정을 받아들이는 방식은 저마다 다르지. 우식이 호들갑을 떨면서 밀어내고 잔소리를 하는 데 반해서 경민은 달랐지. 깔끔한 걸 좋아하는 성격이라 고양이털에 민감했지만 방법을 달리했어.

"털 안 묻는 옷만 입을 거야."

경민이 그렇게 옷을 바꿀 수밖에 없었던 이유는 호야가 어지간히 달려들었거든. 호야는 경민이 출근해서 일하는 동안에는 다리 근처를 얼쩡거리다가 짬이 나서 쉰다 싶으면 어깨며 무릎이며 사정없이 공격을 했지.

"다친다. 형 일하는데 달려들지 마."

물건을 옮기거나 일을 할 때면 경민은 항상 발걸음을 조심했어. 호야가 있을지 모르니까. 쉴 때는 당연히 호야가 무릎이나 어깨에 있을 걸 예상했지. 그래서 묘하게 서로 어울리면서 지냈어. 무릎에 앉으면 등을 쓰다듬어주고 어깨에 앉으면 발을 만지며 장난을 쳤지.

"안 컸으면 좋겠다. 크고 무거워지면 감당 안 되겠어."

앵초는 무조건 상지만 좋아했어. 언제나 상지의 껌딱지였지. 상지는 앵초와 입을 맞추고 뺨을 비비고 배를 간질이고 별짓을 다 했어.

"동물을 쓰다듬으면 몸에 좋은 호르몬이 나온대요."

"우리한테?"

"양쪽 다."

"그런데 패랭이나 앵초는 나한테 잘 안 오던데?"

"고양이는 여러 사람이 자기를 사랑해주기를 바라지 않아요. 딱 한 사람만 자기를 끝까지 사랑해주기를 바라죠."

"그럼 고양이들도 그런가? 딱 한 사람만 사랑하나?"

"그럼요. 당연하죠. 고양이는 쉽게 마음을 열지 않지만 마음을 열면 죽을 때까지 그 마음을 닫지 않아요. 설사 상대가 아무리 힘들게 해도…."

"그건 좀 안 좋은데?"

"왜요?"

"힘든 걸 참는 건 좀 가엽잖아."

"사랑이 그런 거 아닌가요?"

"사랑은 개뿔."

경민은 애정이나 사랑에 대한 이야기가 나오면 시니컬하게 웃어버렸어.

"안타깝네요."

"응?"

"사랑을 개뿔이라고 말하니까 가엽다고요. 호야보다 오빠가 더 가여워요."

"괴상한 소리 하네."

경민은 말은 그렇게 했어도 상지가 밉지 않았어. 톡톡 쏘는 게 좋았어. 세상 살기 참 어렵겠다 싶기는 했지만, 생각보다 용의주도하게 잘 사는 것 같기도 해서 알쏭달쏭했지.

겨울이 꽤 깊어졌을 때야. 우식은 또 떠돌이 기질이 발동했는지 크리스마스를 외국에서 보내겠다고 짐을 꾸렸어.

"크리스마스캐럴이 들리지 않는 거리에서 크리스마스를 지내고 싶진 않아."

그래서 크리스마스캐럴이 울려 퍼지는 외국에서 연말을 지내겠다는 거야. 누가 말리겠어? 우식은 말이 끝나면 바로 떠나는 스타일

이야. 지난밤에 마음먹으면 아침 해가 뜨자마자 짐 꾸리고 사라져 버리지.

"연말 잘 지내라."

이 한마디 남기고 훌쩍 떠나버렸어. 패랭이에게는 패랭이가 평소 환장하게 좋아하는 간식을 왕창 사다주었지.

"형아 생각하면서 먹어라."

패랭이는 커다란 가방을 챙기는 우식을 보면서 이미 그가 떠난다는 걸 알았지. 그래서 간식 따위는 중요하지 않았어. 그저 언제쯤 다시 오는지 궁금했어.

우식이 떠나고 패랭이는 우울해졌어. 호야와 앵초는 패랭이를 달래느라 애를 먹었지. 앵초가 아무리 설득해도 패랭이는 이해하지 못했어.

'금방 올 거야. 어느 날 우하하하 하고 웃으면서 온다니까?'

'가방 큰 거 쌌어.'

'그건 올 때도 그랬잖아. 다시 큰 가방 메고 오겠지.'

'간식 많이 주고 갔어.'

'너 그거 엄청 좋아하잖아. 너 다 먹어. 나하고 호야는 안 먹어도 돼.'

'현이도 그랬어.'

'거기서 현이가 왜 나와?'

'간식.'

'간식 많이 준다고 가서 오래 있겠냐?'

'그럴 거 같아.'

패랭이는 크리스마스도 연말도 우식이 없이 지낼 생각을 하니 우울하기 짝이 없었어. 그래서 창밖을 바라보고 앉아 있는 시간이 자꾸만 더 길어졌지.

그런데 사실 우식이 사라진 빈자리가 패랭이한테만 서운하게 느껴지는 건 아니야. 함께하던 식구가 떠나면 남은 식구들은 그 빈자리가 당연히 쓸쓸하게 느껴지지.

나이 든 어른들이 그렇게 말하잖아. 든 자리는 몰라도 난 자리는 아
는 법이라고. 응? 무슨 말인지 몰라?

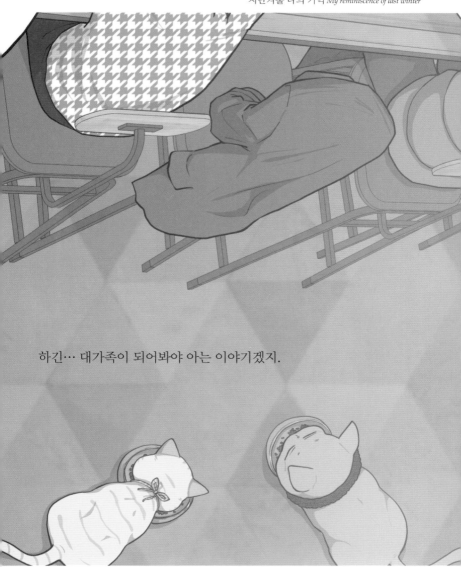

하긴… 대가족이 되어봐야 아는 이야기겠지.

12. 메리 크리스마스

남은 사람이든 떠난 사람이든 즐겁든 외롭든 상관없이 누구에게나 크리스마스는 오지. 그 무렵에는 앵초도 패랭이도 많이 변했어. 종종 카페를 벗어나 공터에 나가 놀았지.

호야까지도 밖으로 나돌아 다니기 시작했어. 그럴 수 있었던 건 으아리의 배려가 한몫했어. 으아리가 친구들에게 말해주었거든. 누구나 길에서 생활해야만 하는 때가 있다는 걸. 그때는 우리가 서로 도와야 한다는 걸. 호야도 그럴 수 있다는 걸 이제 알아야 했어.

할머니는 돌아오지 않았어. 대신 이상한 사람들이 와서 할머니가 쓰던 물건을 몽땅 가져가버렸어. 옷도 이불도 다 가져가고 텅 빈 집이 되었지.

으아리는 텅 빈 집에서 할머니를 기다렸어. 물론 할머니는 이제 오시지 않는다는 걸 알기는 했어. 세상에는 알면서도 인정하지 못하는 일들이 많이 있잖아. 그래서는 안 되는 일이 일어났을 때 인정하지 못하는 슬픈 일들 말이야.

'오지 않아. 오지 않아.'

패랭이는 철딱서니 없이 으아리 앞에서 자꾸 그렇게 말했어. 이미 누구나 아는 사실인데 굳이 으아리 앞에서 그럴 건 뭐야. 앵초가 말려도 패랭이는 자꾸 그런 말을 했어.

'이제 곧 다른 사람들이 몰려올지도 몰라. 대장은 이제 거기서 살기 어려울걸.'

'제발 그런 말 좀 대장 앞에서 하지 마. 대장이 얼마나 상심하고 있는지 몰라서 그래?'

'그래도 똑바로 보고 알 필요가 있어. 그래야 대비를 하지. 갑자기 오도 가도 못하는 수가 있잖아.'

'그건 대장이 다 알아서 해. 대장이 우리보다 훨씬 똑똑한 거 몰라?'

'다른 이야기라니까? 공동체 생활에 대해서는 현명할 수 있어도 막상 자기 일은 판단하지 못할 수도 있는 거야. 너무 슬프니까.'

'너도 그래?'

'내가 뭐?'

'너도 우식이 형아가 크리스마스에는 꼭 온다고 생각하잖아.'

'그건 다르지. 난 카페가 없어지지 않았잖아. 그리고 다른 사람들도 있으니까 다시 오는 게 맞지. 하지만 으아리 대장은 집도 완전히 다른 사람들이 치워버렸잖아.'

'그래도 너 대장 앞에서 자꾸 그런 소리 하지 마.'

'왜?'

'하여간 그런 말 하지 마.'

'이제 대장은 어디서 지내지?'

'빈집이라고 해서 대장이 지내지 못할 건 없지.'

둘이 쓸데없이 티격태격하는 중인데 호야가 냅다 달려왔어.

'어떻게? 어떻게?'

호야의 호들갑에 앵초도 패랭이도 어리둥절했어.

'너 왜 그렇게 뛰어다녀? 아직 눈도 안 녹았는데 그러고 다니다 감기 든다. 경민이 형아가 조심하라고 그렇게 일렀는데….'

'으아리 형아 집 다 부수고 있어!'

'뭐라고?'

호야의 말을 듣고 앵초와 패랭이는 정신없이 으아리의 집으로 달려갔어. 그렇지만 접근도 하지 못하고 그저 멀거니 바라보기만 했지. 많은 사람들이 집을 마구 부수고 있었거든.

으아리와 다른 길냥이들도 멀리 떨어져서 무너져가는 으아리의 집을 구경했어. 사실 너무 허름한 집이어서 커다란 장비가 없어도 쉽게 부술 수 있었지. 하지만 쉽게 부술 만한 집은 아니었던 거야. 누군가에게는 너무 소중한 집이거든.

으아리는 너무 슬퍼서 죽고 싶었어. 친구들 앞에서 슬픈 마음을 내색하지 않으려고 해도 친구들이 다 눈치챌 정도로 슬픔이 온몸에서 풍겨 나왔어.

할머니와 오랜 세월을 함께 지낸 집이야. 자기가 아플 때도 할머니가 아플 때도 아픈 몸을 쉴 수 있었던 집이야. 할머니와 나란히 누워서 아픔을 이겨내던 집이야.

추울 때는 담벼락이 되어주고 더울 때는 그늘이 되어주던 집이야. 할머니와 장난을 칠 때도 할머니의 품을 파고들면서 어리광을 부릴 때도 어느 누구의 눈치도 보지 않고 정을 나누던 할머니와 으아리의 보금자리였어.

'어떻게? 어떻게?'

호야는 울상을 지으며 중얼거렸어. 하지만 앵초도 패랭이도 다른 어느 길냥이도 말없이 그저 바라만 보았지. 이 세상에서 가장 강한 대장은 이제 이 일을 어떻게 정리할까? 자기들은 처음부터 길냥이로 태어났지만 대장은 달랐지. 그런데 이제 대장도 집이 없는 처지가 된 거야. 어떻게 되는 걸까?

으아리는 넋 놓고 사라져가는 집을 쳐다보았어.

그렇게 슬픈 일이 일어났어도 크리스마스는 다가왔지. 누구나 행복하고 즐거워야 하는 크리스마스. 크리스마스에는 아침부터 눈이 내리기 시작했어. 누구나 바라는 화이트 크리스마스.

상지는 케이크 상자와 작은 쇼핑백을 들고 카페로 들어왔어. 경민과 단둘이 케이크를 자르기로 했지. 경민은 상지와 함께 먹을 요리를 준비했어.

케이크에 초를 꽂고 불을 붙인 뒤 경민이 직접 구운 피자와 닭 요리를 늘어놓았어. 상지는 쇼핑백에서 하얀 머플러를 꺼냈어.

"이거 겨울마다 목에 두르고 다닐래요?"

"응? 털 묻겠는데?"

"털 묻어도 하고 다니세요. 매년 겨울마다."

"매년? 왜?"

"그냥 그런다고 하세요. 크리스마스잖아요."

"어, 그렇게."

경민은 그 자리에서 머플러를 목에 둘렀어. 상지가 바라는 거니까 성의를 생각해서 그런 건지, 아니면 머플러가 마음에 들어서 그런 건지는 모르겠지만.

'오빠가 되어가지고 선물 주면 그냥 받을 일이지.'

'형아는 저 누나가 안 좋다.'

'누가 그래?'

'첨부터 그래. 나 여기 오자마자 싸우고.'

'넌 너무 어려서 모르는 거야.'

'나? 형아랑 누나 첨부터 아는데?'

'알면 뭐해? 마음을 모르는데.'

'그게 뭐야?'

'넌 몰라도 돼.'

앵초와 호야가 함께 촛불을 끄고 박수를 치는 경민과 상지를 바라보면서 쓸데없는 논쟁을 벌이고 있을 때 패랭이는 창가에 앉아서 어두워진 거리를 바라보았어.

거리 곳곳에 불빛들이 하나둘 켜지고 크리스마스 장식들이 반짝였지만 어딘지 모르게 쓸쓸한 느낌이었어. 눈은 바람에 흩날리고 길은 꽁꽁 얼어붙어 있었어.

'형아는 따뜻한 데 있을까?'

패랭이는 거리가 너무 춥게 느껴져서 차가운 유리창에 뺨을 대보았어. 덜렁대는 형아 성격이 걱정되었어. 코트나 스웨터를 잊어버리면 안 되는데. 가끔 모자를 쓰고도 모자를 찾는 형인데.

아 참, 그날 처음으로 상지가 자기 이야기를 했어. 중요한 이야기는 아니지만 누구나 궁금해할 우산에 관한 이야기.

"비가 많이 오는 날 우산을 쓰면 앞이 안 보이잖아요. 엄마도 그랬어요. 바람이 세게 부니까 우산으로 앞을 가리고 걸었죠. 그 때문에 엄마와 헤어지게 되었어요. 그래서 난 우산 안 써요."

내 가슴속 슬픔을 꺼내서 보여주는 데는 용기가 필요하다고 말하지만 틀린 말이야. 내 슬픔을 알아도 되는 사람은 사랑을 느끼는 사람이야. 내 슬픔을 이해할 만한 사람, 내 슬픔을 어루만져줄 것 같은 사람, 그런 사람인 거라고.

"혼자 사는 거 좋아요?"

"슬플 일 없으니까."

"혼자 살면 슬플 일도 생기지 않으니까?"

"누군가를 슬프게 하지도 않으니까."

"아, 그러네요. 정말, 듣고 보니."

그날 쓸쓸해하는 패랭이를 두고 경민과 상지는 거리로 나갔어. 눈이 내리고 바람이 부는 추운 날이었지만 두 사람은 개의치 않았어.

"강가에 가고 싶어요. 거기 나무에 반짝이는 불이 들어와요."

"알아. 항상 들어와 있지."
"나무들은 자기 몸에서 반짝이는 불빛을 좋아하는 걸까요?"
"아니. 내 몸에 누군가 그런 짓을 했다면 난 참지 않을걸?"

강은 길고 강을 따라 난 길도 참 길었어. 눈이 내리고 있었지. 난
혼자 많은 길을 걸어봐서 알아. 홀로 걸을 때와 누군가와 함께 걸을
때… 그건 같은 길이 아니야.

"이런 말 알아요?"

"응?"

"먼 길을 갈 때는 벗이 없어도 좋다."

경민은 물끄러미 상지를 바라보았어. 말의 의미를 몰라서였지. 상지는 픽 웃어버렸어.

"멋있는 말이어서 해본 건데."

멋있는 말인지는 모르지만 그다지 행복한 말은 아닌 것 같아. 그렇지? 동행이 필요하지 않은 길은 어떤 길일까? 정말 멀고 먼 길이 아닐까?

지난겨울 나의 기억 *My reminiscence of last winter*

143

13. 겨울 카페가 그리워요

연말이 지나도록 카페에는 별다른 일 없이 하루하루 흘러갔어. 학교마다 방학에 들어갔으니 상지는 한가할 게 틀림없지. 이제 더 자주 카페에 와서 지내겠구나. 식구들 모두가 그렇게 생각할 즈음, 그러니까 1월이 시작되고 얼마 지나지 않은 어느 날부터 상지는 카페에 나타나지 않았어.

"아마 방학을 해서 가족들이 있는 집에 갔을 거야."

경민은 앵초나 패랭이에게 곧잘 그렇게 이야기했어.

"그렇지만 인사도 없이 훌쩍 가버렸네."

"이건 좀 아니지 않나?"

"그리고 또 불쑥 나타나겠지."

"원래 예의는 좀 없는 편이었으니까."

그럴 때마다 앵초와 패랭이는 경민이 안타까웠어. 상지가 너무 보고 싶어서 괜스레 저렇게 얘기한다는 걸 알고 있으니까.

'별로 좋아하지 않았다니까?'

호야는 무시했지만 돌아오는 건 더 큰 무시였지.

'넌 어려서 좋겠다. 단순한 건가?'

호야로서는 이해하지 못할 일들이 많은 게 사실이지만 이런 일은 너무 뻔한데 왜들 그렇게 말하는지 몰랐어. 왜 경민이 형이 상지 누나를 기다린다고 생각하는지 말이야. 기다린다거나 보고 싶다는 말은 한 번도 한 적이 없는데.

'전화도 안 하잖아.'

'전화번호를 모르는 게 아닐까?'

전화번호를 모르는 건 사실이었어. 이해하기 어려운 일이지만 서로 전화번호를 주고받은 적이 없다는 걸 상지가 사라진 다음에야 깨달은 거야. 물론 상지가 어디쯤 산다는 건 알았지만 굳이 찾아가야 하나 싶기도 했지.

경민은 그저 상지를 기다렸어.

겨울이 깊어가고 겨울이 지나갔지. 아직 차가운 바람이 불고 찬비가 내렸지만 이제 곧 봄이 올 것만 같았어. 학교들은 이미 개학을 했지. 그런데도 상지는 모습을 드러내지 않았어.

그러던 어느 날, 가끔 카페에 오는 초등학교 교사들이 점심을 먹으면서 대화를 나누고 있었어.

"홍 선생은 그럼 이제 못 오는 건가?"

"어떻게 와? 그렇게 아픈데."

"아니? 그렇게 아픈데 왜 진즉 서울로 가지 않았지?"

"어차피 가망도 없었나 봐. 당장 죽어도 하나도 이상할 게 없었다던데?"

"아직 젊은데 참 안됐네."

"가족도 없다던데…."

"동네 고양이들이 가족이었지, 뭐."

"안됐어. 한번 가봐야 하지 않아?"

"어제 교감선생님이 갔다 왔대요. 녹색병원이 어디야?"

"서울이지 어디야."

"전화해봤어?"

"몰랐어요? 홍 선생 전화 없어요."

"응? 왜?"

"원래 없었어요. 그 문제로 교감선생님하고도 티격태격했는데…."

앵초와 패랭이는 경민을 쳐다보았어. 가만히 주방에 앉아서 디저
트로 주문 받은 커피를 내리고 있는 경민의 모습에서 아주 미묘한
변화를 찾아냈지.

고양이는 원래 분위기를 잘 파악하잖아. 공기 중에 떠도는 아주 미
세한 호르몬의 변화를 기가 막히게 느끼거든. 그래서 강아지들은 분
위기 모르고 설치다가 혼이 나고는 하지만 고양이는 좀처럼 그런 일
이 없지.

앵초와 패랭이는 경민의 무표정한 얼굴에서 슬픔을 보았어. 아, 슬
픔이라기보다 서러움이라고 해야 할까? 누구에게도 절대 자기 속을
드러내지 않을 경민이지만, 그때만큼은 숨길 수 없는 서러움이 떠
올랐던 거야.

이상한 이야기지만 사실 사람을 가장 서럽게 만드는 원인은 사람

이야. 너도 서러웠던 순간이 있었다면 그 원인을 잘 살펴봐. 틀림없이 사람 때문일걸?

'우리가 가볼까?'

'어디를?'

'상지 언니 사는 집.'

'거기 없다니까, 지금 뭘 들은 거야?'

앵초와 패랭이는 안타까운 마음으로 경민을 바라보았지만 호야는 그런 분위기를 무시하고 경민의 주변을 얼쩡거렸어. 손님들이 다 가고난 후에도 경민은 주방에서 뭔가를 쉬지 않고 했지. 마치 몇 달 밀린 청소를 해치우려는 듯 온갖 것들을 다 꺼내놓고 닦고 다시 진열하고 그랬어.

그러다가 갑자기 문을 확 열고 나가버렸어. 호야가 놀라서 따라 나가려는데 앵초가 막았지.

'그냥 가게 둬.'

'어디 가는데?'

'어디든 가야 해.'

경민은 오후에는 카페를 열 마음이 없었어. 문을 닫아걸고 거리로 나갔지. 찬바람이 부는 강가로 가서 생각 없이 걸었어.

그제야 생각났어. 상지에게 없는 두 가지, 전화와 우산. 거기에 한 가지가 더 보태진 거야. 가족. 상지에겐 가족이 없다….

경민은 우식에게 전화를 걸었어.

우식은 그때 부모님이 계시는 시골에 가 있던 참이었지. 그래서 곧 오겠다는 약속을 받아놓고 터미널로 갔어. 서울에 가면 되니까. 연락처는 몰라도 되니까. 병원은 알았으니까.

해가 져서 어두컴컴해진 무렵 카페 문을 열고 들어선 건 경민이 아니라 우식이었어. 경민을 기다리던 호야는 실망했지만 패랭이는 뛸 듯이 기뻐했지. 좋아하는 간식을 주어도 거들떠보지도 않고 우식만 따라다녔어.

우식은 카페 문을 닫을 작정이었어. 경민이 금방 돌아오지 않을 것 같은 이상한 예감이 들었거든. 그럴 때 섣불리 카페를 운영하고 싶은 마음은 없었어. 우식은 '당분간 휴업'이라고 써서 문에 붙이려고 나갔어.

그리고 그 순간에 엽서 한 장을 받았지. 아, 요즘도 사람들이 엽서라는 걸 사용하는구나 싶지? 너도 엽서를 보내거나 받은 게 언제인지 가물가물할 거야. 엽서에는 이렇게 쓰여 있었어.

겨울 카페가 그리워요.

14. 선택

　우식이 생각한 대로야. 경민은 쉽게 오지 않았어. 우식이 왜 그런 생각을 했는지는 모르지만, 오랜 친구는 좀 징그러운 면이 있잖아. 설명하지 않아도 알 만한 일 같은 것.

　카페 문은 닫았지만 그 안에서 우식과 앵초와 패랭이는 부산스러운 나날을 보냈어. 호야는 좀 우울했지만 그런대로 지낼 만했어. 가끔 뒷마당으로 놀러오는 멋진 으아리 형아 덕분이지. 으아리는 늘상 호야의 상담사 역할을 해주었거든.

　'경민이 형아 안 오면 어쩌지?'

　'여긴 그 사람 집이잖아. 안 올 리가 없지.'

　'하지만 주변 집들이 자꾸 없어지잖아. 여기도 없어지면 어떡해?'

　'그 전에 올 거야. 주인이 와야 없어지는 거니까.'

　으아리도 사람들 사는 세상을 자세히는 모르지만 대부분이 그랬다는 걸 알고 있었어. 다만 할머니가 예외였지. 지극히 운이 나쁜 건 어쩔 수 없는 일이고.

'난 불안해. 형아는 안 불안해?'

'준비하는 중이야. 친구들과 살 만한 다른 곳으로 옮겨가려고 해.'

'그러면 엄청난 싸움이 벌어질 거라던데?'

'그 정도는 각오해야지.'

호야는 으아리가 멋져 보였어. 의젓하고 뭐든 다 알아서 대비하고 있다는 건 정말 대단하잖아.

그사이에 앵초와 패랭이도 카페에서 오래 살 수 없다는 걸 알았어. 우식은 경민과 계속 연락하고 지냈지만 경민이 쉽게 돌아오지 않으리라는 걸 알았지.

"어쩌면 우리 모두 이사해야 할지도 모르겠다."

햇볕 따뜻한 어느 봄날, 카페로 커다란 상자 하나가 도착했는데 바로 경민이 보낸 상자였어. 우식이 상자를 열자 안에서 경민과 상지의 냄새가 확 풍겨 나왔어.

앵초와 호야가 반가워서 달려들었지. 상자 안에는 경민의 물건은 없었고 상지의 것으로 보이는 물건들이 가득했지.

전화가 왔어. 호야도 앵초도 패랭이도 전화기 너머로 들려오는 경민의 목소리를 들었어. 평소보다 더 낮고 조용한 목소리였어.

"카페 좀 정리해줘. 나 쉽게 돌아갈 수 있을 것 같지 않아."

우식은 아무 대꾸도 하지 않았어. 그저 듣고만 있었지

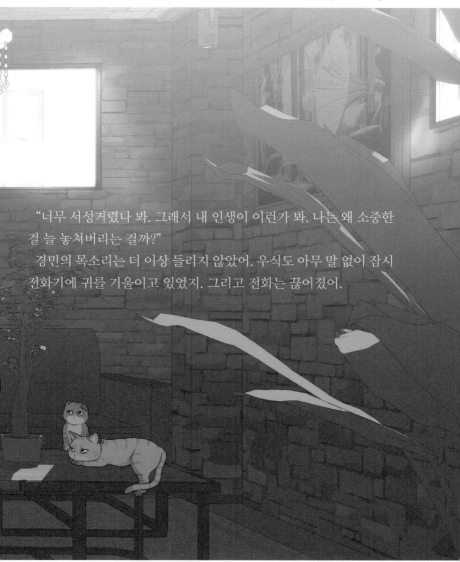

"너무 서성거렸나 봐. 그래서 내 인생이 이런가 봐. 나는 왜 소중한
걸 늘 놓쳐버리는 걸까?"
경민의 목소리는 더 이상 들리지 않았어. 우식도 아무 말 없이 잠시
전화기에 귀를 기울이고 있었지. 그리고 전화는 끊어졌어.

우식은 전화를 끊고 잠시 창밖을 바라보더니 상자 안의 물건들을 꺼내지도 않고 한쪽에 치워놓았어. 그리고 밤늦도록 우두커니 앉아 있었어. 앵초도 패랭이도 호야도 소파에서 조용히 우식을 바라보며 시간을 보냈지.

"어쩌면 이제 우리도 떠나야 할지 모르겠다."

새벽쯤 되었을까, 소파에서 셋이 나란히 졸다가 깨어보니 우식이 앞에 와 쪼그리고 앉아서 말했어.

"멀리 가자. 아주 멀리."

다음 날부터 우식은 아주 바빴어. 앵초와 패랭이와 호야를 번갈아 데리고 다니면서 예방접종을 하고 검역증명서를 발급받기 위해 각종 검사를 해야 했지. 고양이가 국경을 넘는 일은 생각처럼 쉽지 않아. 일단 비행기를 타려면 한 달 전부터 건강에 아무 이상이 없다는 걸 증명해야 하고 그 나라에서 요구하는 검역 조건을 충족해야만 하지.

우식은 떠돌아다니면서 터득한 노하우를 바탕으로 착착 준비해나 갔어. 그러면서 짐을 꾸리기 시작했지. 카페에 있던 살림들을 경민이 살던 집으로 옮기는 일이었어. 카페 안은 점점 살림이 줄어들더니 이제는 거의 텅 빈 공간이 되어버렸지.

"자, 내일은 우리도 떠나야 해."

우식은 텅 빈 카페를 둘러보며 말했어.

"좋았지만, 이 세상에 영원한 건 없으니까."

그랬지만 우식이 모르는 게 있었어. 살아 있는 동안은 영원한 게 있다고 믿는 누군가가 있다는 거지. 호야가 그랬어. 호야는 경민이 자기를 영원히 사랑하고 그리워할 거라고 믿었어.

'기다리면 올 거야.'

호야는 그렇게 믿었지. 오래 걸릴 수도 있지만, 잊지 않고 와줄 거라고 믿었어. 그래서 그날 밤, 다들 잠이 든 틈을 타서 슬그머니 카페를 빠져나왔지. 우식과 앵초와 패랭이가 떠날 때까지 돌아오지 않을 작정으로 말이야.

공터로 가서 밤을 새우고 아침에 카페를 떠나는 우식과 앵초와 패랭이를 바라보았지. 이른 아침에 자기를 찾아서 이리 뛰고 저리 뛰는 식구들을 보니 마음이 아팠지만 숨어서 나타나지 않았어.

그리고 멀어져가는 식구들의 모습을 오래오래 바라보았지. 함께 갈 수 있었지만 그보다 더 중요한 건 경민을 기다리는 거니까. 경민이 오기 전에 이 자리를 떠나는 건 상상도 해본 적 없으니까.

'난 기다릴 거야.'

동네 전체에 많은 변화가 일어났어. 일단 집들을 자꾸만 부수는 바람에 지낼 만한 집도 이제 몇 채 남지 않았어. 특히 캣맘이 더 이상 밥과 물을 주지 않아서 으아리와 친구들은 떠날 수밖에 없었지.

'우리는 이제 떠난다. 너도 우리와 같이 가자.'

호야는 고개를 저었어.

'난 남을 거야. 어서들 가.'

'넌 아직 어려. 그래서 뭘 잘 모르는 것 같아서 걱정이다. 경민은 오지 않아.'

'올 거야, 언젠가는.'

'널 잊었을 수도 있어.'

'잊었다가도 언젠가는 문득 기억해낼 수 있어.'

'혼자 지내기 힘들 거야.'

'괜찮아. 이겨낼 수 있어.'

으아리는 친구들을 데리고 이동했어. 새로운 정착지를 찾아서 그
곳에서 또 으아리파의 구역을 만들고 잘 지내겠지.

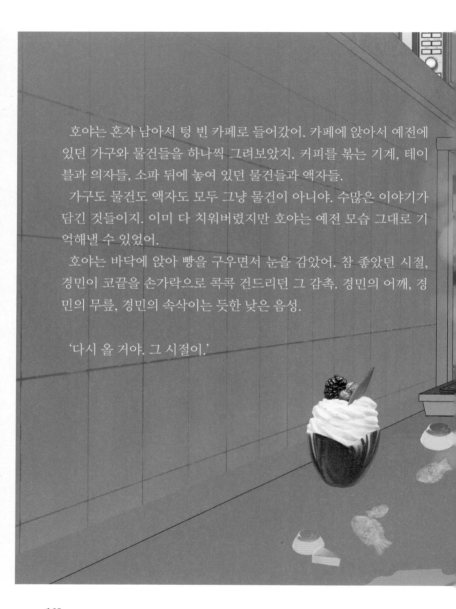

호야는 혼자 남아서 텅 빈 카페로 들어갔어. 카페에 앉아서 예전에 있던 가구와 물건들을 하나씩 그려보았지. 커피를 볶는 기계, 테이블과 의자들, 소파 뒤에 놓여 있던 물건들과 액자들.

가구도 물건도 액자도 모두 그냥 물건이 아니야. 수많은 이야기가 담긴 것들이지. 이미 다 치워버렸지만 호야는 예전 모습 그대로 기억해낼 수 있었어.

호야는 바닥에 앉아 빵을 구우면서 눈을 감았어. 참 좋았던 시절, 경민이 코끝을 손가락으로 콕콕 건드리던 그 감촉. 경민의 어깨, 경민의 무릎, 경민의 속삭이는 듯한 낮은 음성.

'다시 올 거야. 그 시절이.'

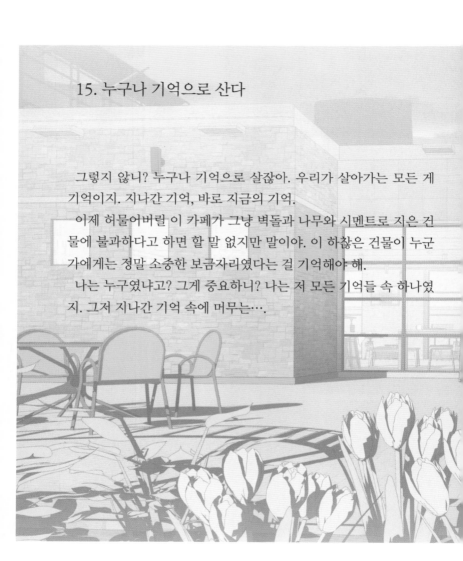

15. 누구나 기억으로 산다

    그렇지 않니? 누구나 기억으로 살잖아. 우리가 살아가는 모든 게 기억이지. 지나간 기억, 바로 지금의 기억.

    이제 허물어버릴 이 카페가 그냥 벽돌과 나무와 시멘트로 지은 건물에 불과하다고 하면 할 말 없지만 말이야. 이 하찮은 건물이 누군가에게는 정말 소중한 보금자리였다는 걸 기억해야 해.

    나는 누구였냐고? 그게 중요하니? 나는 저 모든 기억들 속 하나였지. 그저 지나간 기억 속에 머무는….

아, 호야는 여전히 이 동네에 살 거야. 이 카페가 없어지고 모든 집이 다 없어져도 호야는 여기 남을 거야. 꼭 만나야 할 사람이 있으니까.

그 사람을 기다려야 하니까.

어느 날 문득 내 생각이 난다면…

If one day you get to think of me,
⋯ I'm still here.

어느 날 문득 내 생각이 난다면,
… 나, 아직 여기 있어요.

지난
겨울
My reminiscence
of last winter
낙의기억

동진강의 물안개를 매일 보았다
아침이면 강 위로 물새들이 날아올랐다
식객으로 머문 내내 산국을 따고 곶감을 말리고 그림을 구경했다
하루 세 끼 밥상머리에서 차를 마시며 전통을 화두로 수다를 떨었다
마침내 탈고한 원고를 들고 대문을 나서면서 돌아보니
툇마루의 햇살과 초봄이의 선한 눈빛이 집주인을 닮았다

집필실을 내어준 고택문화체험관 예가인의 식구들에게 감사한다
좋은 날이었고 좋은 집이었다
사람이 제일 좋았다

겨울 정읍에서 손 승 휘

'뭐, 뭐지?'

나는 놀라서 뒤로 물러나려고 했는데 마녀 집사가 눈을 반쯤 뜬 채로 날 꽉 끌어안아서 나는 너무 당황스러웠지만 어쩌지 못했다. 물론 확 할퀴어버릴 수도 있지만, 너무 그렇게 적대적으로 대하는 건 나를 챙겨주는 집사에 대한 예의가 아니어서 얼마간 참아보기로 했다.

"너 참 못생겼다. 신기하게 생겼어."

마녀 집사는 침대에 엎어진 채 두 팔로 나를 안고 두 눈을 내 얼굴에 바짝 들이댔다. 이제 보니 눈동자가 두 가지 색인 것이 평소 느낌하고 달랐다. 묘하네. 인간들의 눈동자는 우리에 비해서 참 보잘것없다고 생각했는데 안 그럴 수도 있겠다.

"못생겼다고 해서 네 잘못은 아니니까 마음에 두지 마. 대신 못생기면 귀여운 데가 있거든."

사람들은 나를 못생긴 고양이라고 한다. 하지만 틀린 말이다. 나 살던 동네의 고양이들은 청년이든 중년이든 전부 나한테 빠져서 헤어나지 못했는데 뭘 모르는 것 같다.

"나, 사랑하는 사람 생겼다?"

마녀 집사는 말끝에 히히 웃었다. 나는 마녀 집사가 한 말이 무슨 말인가 해서 한참 생각해야 했다. 사랑하는 사람이 어떤 사람인가는 나도 안다. 하지만 마녀 집사는 누구를 사랑할 것 같지 않아서 이상하다.

마녀가 사랑을 하다니.

〈첫눈보다 네가 먼저 왔으면 좋겠다〉 中 -

세상에서 가장 아름답고 특별한 가족 이야기